무의미의 축제

La Fête de
L'insignifiance

Milan
Kundera

무의미의 축제

밀란 쿤데라 장편소설

방미경 옮김

민음사

차례

1부   주인공들이 등장한다

알랭은
배꼽에 대해
곰곰 생각한다

6월의 어느 날, 아침 해가 구름에서 나오고 있었고, 알랭은 파리의 거리를 천천히 지나는 중이었다. 아가씨들을 자세히 보니 아주 짧은 티셔츠 차림에 바지는 모두 아슬아슬하게 골반에 걸쳐져 배꼽이 훤히 드러나 있었다. 그는 거기에 완전히 홀려 버렸다. 홀려 버린 데다 혼란스럽기까지 해서, 아가씨들이 남자를 유혹하는 힘이 이제는 허벅지도 엉덩이도 가슴도 아닌, 몸 한가운데의 둥글고 작은 구멍에 총집중돼 있단 말인가 싶었다.

그렇게 해서 그는 곰곰이 생각해 보게 되었다. 남자가 (또는 어떤 시대가) 여성의 매력의 중심을 허벅지에 둔다면 이러한 성적 성향의 특성을 어떻게 묘사하고 정의할 것인가? 그는 즉석에서 답을 만들어 냈다. 허벅지의 길이는 에로스의 성취로 이어지는 매혹적인 긴 여정(허벅지가 길어야 하는 게 바로 그래서다.)의 은유적 이미지다. 실제로 성교 중에도 기다란 허벅지는 여자에게 낭만적인 마법을 일으켜 그 여자를 다가가지 못할 존재로 만들지 않는가 하고 알랭은 생각했다.

만약 남자가 (또는 한 시대가) 여성의 매력의 중심을 엉덩이에 둔다면 이러한 성적 성향의 특성을 어떻게 묘사하고 정의할 것인가? 그는 즉석에서 답을 만들어 냈다. 난폭함, 쾌활함, 표적을 향한 최단거리의 길, 두 짝인 만큼 더 흥분시키는 표적.

만약 남자가 (또는 한 시대가) 여성의 매력의 중심을 가슴에 둔다면 이러한 성적 성향의 특성을 어떻게 묘사하고 정의할 것인가? 그는 즉석에서 답을 만들어 냈다. 여자의 신성화, 예수에게 젖을 먹이는 동정녀 마리아, 여성의 고귀한 사명 앞에 무릎 꿇은 남성.

하지만 몸 한가운데, 배꼽에 여성의 매력이 집중되어 있다고 보는 남자(또는 한 시대)의 에로티시즘은 어떻게 정의할 것인가?

라몽은
뤽상부르 공원을
거닌다

알랭이 여성의 매력의 여러 근원에 대해 골똘히 생각하고 있던 것과 거의 같은 순간에, 라몽은 뤽상부르 공원 바로 옆, 한 달 전부터 샤갈의 그림들이 전시된 미술관 근처에 있었다. 그림을 보고 싶기는 했지만 자신이 저 끝없는 줄, 매표소를 향해 천천히 움직이는 줄에 선뜻 들어가 그 일부가 된다는 건 도저히 엄두도 못 내리라는 것을 벌써 알았다. 그는 사람들을, 지루함으로 딱딱하게 굳은 얼굴들을 쳐다보았고, 저 사람들의 몸과 떠드는 소리가 그림들을 다 뒤덮어 버릴 전시실을 떠올렸으며, 그래서 잠시 후 몸을 돌려 공원에 난 길로 접어들었다.

그곳은 분위기가 훨씬 좋았다. 인간이 덜 많아 보이고 더 자유로워 보였다. 바빠서가 아니라 달리는 게 좋아서 뛰는 사람들, 아이스크림을 먹으며 거니는 사람들, 잔디밭에서 느릿느릿 이상한 동작을 하는 아시아 학생들이 있었고, 좀 더 가서는 프랑스 왕비들과 그 외 다른 귀부인들의 커다란 하얀색 조상이 거대한 원을 이루고 있었으며, 그보다 좀 더 멀리 나무들 사이 잔디밭에는 사방으로 시인, 화가, 학자 들의 조각상이 서 있었는데, 살갗이 햇볕에 그은 한 십 대 소년 앞에 그가 멈춰 서자 짧은 반바지에 맨 다리를 내놓은 이 매력적인 소년은 발자크, 베를리오즈, 위고, 뒤마 등의 얼굴이 새겨진 가면들을 그에게 내밀었다. 라몽은 떠오르는 미소를 누르지 못하고서 계속 이 천재들의 공원을 천천히 거닐었다. 겸허한 그 천재들은 산책객들이 무심히 지나쳐 주는 덕분에 기분 좋게 자유를 느낄 것이었다. 아무도 걸음을 멈추고 그들의 얼굴을 보거나 받침대에 새겨진 문구들을 읽으려 들지 않았다. 마치 우리에게 위안을 주는 평온한 고요인 듯 라몽은 그런 무심함을 가슴 깊이 들이마셨다. 거의 행복에 가까운 미소가 그의 얼굴에 떠올라 오래 머물렀다.

암은
나타나지
않을
것이다

라몽이 샤갈전을 포기하고 공원 산책을 선택했던 것과 거의 같은 순간, 다르델로는 주치의 진료실로 가는 계단을 오르고 있었다. 그날은 그의 생일 딱 석 주 전이었다. 벌써 여러 해 전부터 그는 생일이 아주 싫었다. 그에 딸린 숫자 때문이었다. 하지만 나이 들어가는 치욕보다는 축하를 받는 것이 더 중요했기 때문에 생일을 그냥 무시해 버리지는 못했다. 이번에는 병원 진료가 생일 파티에 새로운 색채를 더한 만큼 더욱 더 그럴 수 없었다. 바로 오늘 그는 모든 검사 결과를 듣게 될 테고, 그러면 자기 몸에서 발견된 의심스러운 증상들이 암 때문인지 아닌지 알게 될 것이었다. 그는 대기실로 들어섰고, 이제석 주 후면 아주 오래된 자신의 탄생과 아주 가까워진 자신의 죽음을 동시에 축하하게 될 거라고, 이중 축하 파티를 열게 될 거라고, 머릿속에서 떨리는 목소리로 혼자 되뇌었다.

하지만 미소를 머금은 의사의 얼굴을 보자마자 그는

죽음을 초대할 일은 없어졌다는 것을 깨달았다. 의사는 정감 어린 악수를 건넸다. 다르델로는 눈물을 글썽이며 아무 말도 하지 못했다.

병원은 뤽상부르 공원에서 200미터 떨어진 옵세르바투아르 대로에 있었다. 다르델로는 공원 맞은편 작은 거리에 살았으므로 공원을 가로질러 가기로 했다. 녹음 속을 거닐다 보니 그는 기분이 좋다 못해 거의 장난기까지 발동했는데, 특히 옛 프랑스 왕비들의 조상으로 이루어진 커다란 원을 빙 돌면서는 더 그랬다. 모두 흰 대리석으로 조각된 엄숙한 자태의 입상들, 쾌활해 보이진 않아도 익살스러운 데가 있는 이 여인들이 그가 방금 들은 좋은 소식에 그런 식으로 갈채를 보내고자 하는 듯했다. 그는 흥분을 주체할 수 없어서 그 여인들에게 손을 들어 두세 번 인사를 올리고는 크게 웃음을 터뜨렸다.

중병의
은밀한
매력

라몽이 다르델로와 마주친 것이 바로 거기 어디쯤, 귀부인 대리석상들 근처였는데, 다르델로는 지난해까지만 해도 그의 직장동료였던 이로, 그 직장 이름은 우리의 관심 밖이다. 그들은 마주보고 멈춰 섰고, 의례적인 인사가 오간 후 다르델로가 묘하게 들뜬 목소리로 이야기를 시작했다.

"저기, 프랑크 부인 알지요? 이틀 전에 부군이 세상을 떠났어요."

그가 잠시 말을 멈추자 라몽의 기억 속에 사진으로만 본 유명한 미인의 얼굴이 떠올랐다.

"무척 고통스러운 임종이었답니다." 다르델로가 계속 말했다. "그녀는 남편과 모든 것을 함께 겪어 냈어요. 휴, 그녀가 얼마나 고통스러워했는지!"

라몽은 사망 소식을 들려주는 그 기쁨에 찬 얼굴을 넋을 잃고 바라보았다.

"생각해 봐요, 아침에는 죽어 가는 그를 안고 있었는

데, 같은 날 저녁에 친구들 몇몇과 나하고 같이 식사를 하면서, 믿기지 않겠지만, 그녀는 거의 쾌활하더라고요. 나는 그녀에게 감탄했어요. 그 강인함! 삶에 대한 그 사랑! 하도 울어서 눈이 여전히 빨갛게 충혈된 채로 그녀는 웃었어요. 하지만 우리는 다 알고 있었어요, 그녀가 얼마나 그를 사랑했는지! 그녀가 얼마나 고통을 겪었을지! 정말 강한 여자예요."

십오 분 전 병원에서와 똑같이 다르델로의 눈에 눈물이 어렸다. 프랑크 부인의 정신력 이야기를 하면서 자기 자신을 생각했기 때문이다. 자신 역시 한 달 내내 죽음과 더불어 살지 않았던가? 자신의 강인한 성격 또한 혹독한 시련에 처하지 않았던가? 이제는 그저 추억이 되었는데도 암은 묘하게 감탄을 자아내는 작은 불빛처럼 여전히 그와 함께 있었다. 하지만 그는 감정을 잘 가다듬고 평범한 보통 말투로 넘어갔다. "아 참, 내 기억이 틀리지 않는다면, 칵테일파티 준비하고 음식 같은 거 전부 맡을 수 있는 그런 사람 하나 알지 않아요?"

"알지요." 라몽이 말했다.

그러자 다르델로가 말했다. "내 생일에 작은 파티를 열까 해서요."

그 유명한 프랑크 부인 이야기를 열광적으로 늘어놓고 나서 마지막 말은 그렇게 가벼운 말투로 마무리해 준 덕분에 라몽은 미소를 지을 수 있었다. "즐겁게 사시는 것 같네요."

이상하게도 다르델로는 이 말이 마음에 들지 않았다. 마치 너무 가벼운 그 말투가, 기억으로 여전히 자기 안에 깃든 죽음의 비애, 마법처럼 그 비애를 품고 있는 달콤한 기분, 묘하게 아름다운 그 기분을 없애 버리기라도 하는 것처럼. "네, 잘 지내죠."라고 하고서 잠시 쉬었다가 그가 덧붙였다. "좀 ……하기는 하지만 뭐…….."

다시 잠깐 멈췄다가 그가 말했다. "저기, 지금 의사를 보고 오는 길이에요."

그는 상대방의 얼굴에 어리는 당황한 기색이 마음에 쏙 들었다. 그가 한참을 묵묵히 입을 다물고 있으니 라몽은 "그래서요? 문제가 있나요?"라고 물을 수밖에 없었다.

"문제가 있어요."

또다시 다르델로는 입을 다물었고 또다시 라몽은 "의사가 뭐라고 했는데요?"라고 물을 수밖에 없었다.

그 순간 다르델로는 라몽의 눈동자에 비친 자신의 얼굴을 보았다. 이미 나이 든 얼굴, 하지만 여전히 잘생기고 슬픔이 어린, 그래서 더 매력적이 된 얼굴. 그는 슬픔에 잠긴 이 잘생긴 남자에게 곧 생일이 다가온다는 생각을 했고, 그러다 보니 병원에 가기 전에 떠올랐던 아이디어, 탄생과 죽음을 동시에 기념하는 이중 축하 파티, 그 멋진 아이디어가 다시 기억났다. 라몽의 눈에 비친 자기 모습을 계속 들여다보다가 그는 아주 차분하고 온화한 목소리로 "암이라네요…….." 했다.

라몽은 뭐라고 더듬거리다가, 서툴지만 따뜻하게 다

르넬로의 팔을 잡으며 말했다. "그래도 치료하면 되죠 ...."

"흠, 너무 늦었어요. 하지만 지금 한 얘기는 다 잊어버리고 아무한테도 말하지 말아요. 그보다 내 칵테일파티나 더 신경 써 줘요. 살아야지요!" 다르델로는 이렇게 말하고 나서 헤어지기 전에 인사의 표시로 손을 들어 올렸는데, 거의 수줍기까지 한 이 조그만 몸짓에는 뜻밖에 사람의 마음을 끄는 데가 있었고 라몽의 가슴을 뭉클하게 했다.

설명할 수 없는
거짓말,
설명할 수 없는
웃음

옛 동료 둘의 만남은 그런 흐뭇한 몸짓으로 마무리되었다. 그러나 나는 무엇 때문에 다르델로가 거짓말을 했을까 하는 질문을 피할 수 없다.

다르델로 역시 자기 자신에게 곧바로 이 질문을 던졌으나 답을 모르기는 마찬가지였다. 거짓말을 했다고 부끄러웠던 것은 아니다. 그가 의아했던 것은 그 거짓말을 왜 했는지 자기 자신도 모른다는 점이었다. 거짓말을 한다는 건 보통 누구를 속이거나 어떤 이득을 얻기 위해서다. 그런데 생기지도 않은 암을 꾸며 내서 대체 무엇을 얻을 수 있단 말인가? 자기 거짓말에 아무런 의미가 없다는 생각을 하다 보니 이상하게도 그는 웃음을 참을 수가 없었다. 이 웃음 역시 이해가 불가능했다. 그는 왜 웃었을까? 자기 행동이 우스웠던 것일까? 아니다. 유머 감각은 그의 강점이 아니었다. 그저 무엇 때문인지는 몰라도 상상의 암이 그를 즐겁게 했다. 그는 길을 가며 계속 웃었다. 그는 웃었고 좋은 기분을 만끽했다.

샤를의
집에
찾아간
라몽

다르델로를 만난 지 한 시간 후 라몽은 벌써 샤를의 집에 와 있었다. "칵테일파티 하나를 선물로 가져왔지." 그가 말했다.

"브라보! 올해는 그게 필요할 거야." 샤를은 이렇게 말하고서 친구에게 앞에 놓인 낮은 탁자 앞에 앉으라고 권했다.

"너한테 주는 선물이야. 그리고 칼리방한테도. 그런데 이 친구는 어디 있어?"

"어디 있겠냐? 집에 있지, 자기 마누라네."

"그래도 칵테일파티에는 그 친구가 너하고 같이 가면 좋겠는데."

"그럼. 그 친구가 있어야 연극을 하지."

라몽은 탁자 위에 꽤 두꺼운 책이 한 권 놓인 것을 발견했다. 그는 몸을 내밀어 책을 들여다보고는 놀라움을 감추지 못했다. "니키타 흐루쇼프의 『회고록』. 아니 이걸 왜?"

"우리 주인이 준 거야."

"아니, 우리 주인은 도대체 여기에서 뭐가 재미있다는 건데?"

"나 보라고 몇 문단에 밑줄도 그어 놓았더라. 내가 읽어 본 건 꽤 웃겨."

"웃겨?"

"스물네 마리 자고새 이야기야."

"뭐?"

"스물네 마리 자고새. 몰라? 세상의 대변동이 바로 거기서 시작됐는데!"

"다른 것도 아니고 세상의 대변동이?"

"그렇다니까. 그런데 말이야, 누구네 무슨 파티인데?"

라몽이 설명해 주자 샤를이 물었다. "그런데 그 다르델로는 누구야? 내 전 고객들과 같은 머저리야?"

"물론이지."

"그 바보는 어떤 장르인데?"

"어떤 장르의 바보냐……." 라몽은 골똘히 생각에 잠긴 채 이 말을 계속 되풀이하다가 이렇게 물었다. "카클리크 알아?"

탁월함과
보잘것없음에 대한
라몽의
가르침

"내 오랜 친구 카클리크는 내가 알게 된 대단한 바람둥이들 중 하나야." 라몽이 계속 말했다. "한번은 다르델로하고 그 친구하고 둘 다 와 있는 파티에 간 적이 있었어. 그 둘은 모르는 사이였고. 사람들로 북적이는 거실에 우연히 같이 있게 된 건데 아마 다르델로는 내 친구가 있는지도 몰랐을 거야. 대단한 미인들이 와 있어서 다르델로가 완전히 정신이 나가 있었거든. 그 여자들 관심을 끌려고 뭐든 다 할 태세였어. 그날 저녁, 온갖 재기 넘치는 말들이 그의 입에서 튀어나왔지."

"도발적인 말?"

"그 반대. 그 사람은 농담마저 늘 도덕적이고 낙관적이고 반듯한데, 그러면서 또 너무 우아한 표현에다 지나치게 기교를 부리고 알아듣기 힘들어서 즉각적인 반응은 못 불러일으키지만 사람들 주의를 집중하게 만들거든. 그 사람 본인이 웃음을 터뜨리기까지 몇 초 기다려야 하고, 그다음 다른 이들이 무슨 말인지 알아차리고 예의

바르게 같이 웃어 주기까지 몇 초를 더 참아야 해. 그래서 모두가 웃기 시작하는 순간에 —— 이런 세련된 기교를 잘 감상해야 해! —— 그는 심각해지는 거야. 아주 초연한 듯, 거의 무감각한 듯 사람들을 쳐다보면서, 자만심에 차서 은밀하게 그들의 웃음을 즐기지. 카클리크는 정반대로 행동해. 그 친구가 조용하다는 건 아니야. 사람들 속에 있을 때 그는 말한다기보다 휘파람을 부는 것 같은 작은 목소리로 끊임없이 뭐라고 중얼거리는데 아무도 주의를 기울이지 않아."

샤를이 웃었다.

"웃지 마. 말을 하면서 주의를 끌지 않는다는 건 쉬운 게 아니야. 자신의 말에 의해 거기에 존재하면서도 들리지는 않는 상태로 머물러 있다는 건 절묘한 솜씨가 필요한 거라고!"

"절묘한 솜씨라니, 무슨 의미인지 모르겠는데."

"침묵은 주의를 끌지. 깊은 인상을 줄 수 있어. 수수께끼같이 알 수 없게 만들어 줘. 그렇지 않으면 수상하게. 그런데 바로 이게 카클리크가 피하려는 거야. 지금 말하는 그 파티에서처럼. 다르델로가 홀딱 반해 버린 아주 아름다운 여자가 있었어. 카클리크는 그 여자에게 아주 평범하고, 흥미롭지도 않고, 아무것도 아닌 말을 드문드문 건넸는데, 그런 말은 그 어떤 똑똑한 대답도 재치도 요구하지 않으니까 더 기분 좋은 거였지. 그런데 조금 후에 보니까 카클리크가 없어졌어. 어떻게 된 건가 하고 여자를 살펴봤지. 늘상 하는 좋은 말을 다르델로가 막 한 참이었는데, 오 초간 침묵이 이어진 다음 그가 웃음을 터뜨렸고, 또 삼 초 후에 다른 사람들이 그를 따라 웃었어. 그때, 사람들이 웃는 틈에 그 여자가 살그머니 출구 쪽으로 가더군. 다르델로는 자기가 한 멋진 말이 불러일으킨 효과에 기분이 좋아져서는 계속 장광설을 늘어놓았지. 잠시 후 그는 그 미인이 없어졌다는 걸 알아차렸어. 카클리크의 존재를 짐작도 못 했으니까 어찌 된 영문인지는 알수도 없었고 말이야. 보잘것없는 것의 가치를 그 사람은 전혀 몰랐고 지금도 몰라. 자, 이게 다르델로의 어리석음이 어떤 장르냐고 한 네 물음에 대한 내 답이야."

"뛰어나 봐야 아무 쓸데없다는 거지, 그래, 알겠다."

"쓸데없기만 한 게 아니야. 해롭다니까. 뛰어난 남자가 여자를 유혹하려고 할 때면 그 여자는 경쟁 관계에 들어갔다고 느끼게 돼. 자기도 뛰어나야만 할 것 같거든. 버티지 않고 바로 자기를 내주면 안 될 것 같은 거지. 그런데 그냥 보잘것없다는 건 여자를 자유롭게 해 줘. 조심하지 않아도 되게 해 주는 거야. 재치 있어야 할 필요도 전혀 없이. 여자가 마음을 탁 놓게 만들고, 그러니 접근이 더 쉬워지지. 아, 이쯤 하자. 다르델로를 만나면 보잘 것없는 인물이 아니라 나르키소스를 상대하게 될 거야. 이 말의 정확한 의미에 주의해야 해. 나르키소스라는 건 거만한 사람이라는 게 아니야. 거만한 사람은 다른 이들을 무시하지. 낮게 평가해. 나르키소스는 과대평가하는

데, 왜냐하면 다른 사람 눈에 비친 자기 모습을 관찰하고
더 멋있게 만들고 싶어 하거든. 그러니까 그는 자기의 모
든 거울들에 친절하게 신경을 쓰는 거지. 너희 둘한테 중
요한 건 바로 이거야. 그 사람이 친절하다는 거. 물론 나
한테 그 사람은 무엇보다 속물이지. 그런데 그 사람하고
나도 뭔가 좀 변했어. 그 사람이 심각한 병에 걸렸다는
걸 알았거든. 그때부터 좀 다르게 보이네."

"아프다고? 어디가?"

"암이래. 그 말 듣고 내 마음이 얼마나 안 좋은지 깜짝
놀랐어. 어쩌면 그 사람 몇 달 못 살지도 몰라."

잠시 멈추었다가 다시 말이 이어졌다. "그 사람이 나
한테 그 이야기를 하는 방식이, 아주 간결하고, 수줍기까
지 한데…… 비장한 표현 같은 거 전혀 늘어놓지 않고,
나르시시즘도 없이 그렇게 말하는데 가슴이 뭉클하더
라. 그리고 갑자기, 어쩌면 처음으로, 그 머저리가 진짜
친근하게 느껴지더라고…… 진짜 친근하게……."

2부 **인형극 공연**

스물네 마리
자고새

스탈린은 고단한 긴 하루를 보낸 후 잠시 협력자들과 같이 머물며 소소한 자기 이야기를 들려주길 즐겼다. 예를 들면 이런 이야기다.

어느 날 그는 사냥에 나서기로 한다. 오래된 파카를 입고, 스키를 신고, 장총을 들고, 13킬로미터를 누빈다. 그때 눈앞에 나무 위에 앉은 자고새들이 보인다. 그는 걸음을 멈추고 새들의 수를 센다. 스물네 마리다. 아, 이런 빌어먹을! 탄창을 열두 개밖에 가져오지 않았다. 그는 총을 쏴 열두 마리를 죽인 다음, 뒤로 돌아 다시 집까지 13킬로미터를 가서 탄창 열두 개를 더 챙긴다. 또 다시 13킬로미터를 가로질러 와서 여전히 같은 나무에 앉아 있는 자고새들 앞에 선다. 그리고 마침내 그 새들을 모두 죽이는데……

"이 이야기 맘에 들어?" 샤를이 묻자 칼리방이 웃으며 말한다. "그 이야기를 나한테 들려준 게 정말로 스탈린이라면 박수를 치겠지! 그런데 그런 이야기는 어디서 들었어?"

"벌써 사십몇 년 전에 프랑스에서 출판된 흐루쇼프의 『회고록』을 우리 주인이 나한테 선물로 가져왔어. 거기에서 흐루쇼프가, 작은 회합에서 스탈린이 자고새 이야기를 한 걸 옮겨 놨더라고. 그런데 흐루쇼프가 써 놓은 걸 보면 너처럼 반응한 사람은 아무도 없었어. 아무도 안 웃었다니까. 한 사람도 예외 없이 모두 스탈린이 한 이야기가 말도 안 된다고 생각했고 거짓말이 역겨웠지. 그렇지만 그들은 입을 꾹 다물고 있었고 오로지 흐루쇼프만 스탈린한테 대담하게 자기 생각을 말한 거야. 알겠어?"

샤를은 그 책을 펼쳐 천천히 큰 소리로 읽었다. "'뭐라고요? 정말 나뭇가지에 자고새들이 그대로 앉아 있더란 말이에요? 흐루쇼프가 말했다.

물론이지. 똑같은 곳에 그대로 앉아 있더라고. 스탈린이 대답했다.'

그런데 이야기는 이게 끝이 아니고 이걸 알아야 해. 그러니까 모두 일과가 끝나면 목욕탕으로 갔는데 화장실로도 쓰이는 커다란 욕실이었어. 상상해 봐. 벽에 소변기가 한 줄로 죽 늘어서 있는 거야, 세면대 맞은편 벽에. 조개껍질 모양 도자기 소변기들이, 갖가지 색깔에다 꽃무늬로 장식된 소변기들이 말이지. 스탈린 일파에겐 각자 개인 소변기가 있었는데, 하나하나 다 다른 작가 사인이 들어간 작품이었다는군. 스탈린만 그게 없었대."

"그럼 스탈린은 어디다 오줌을 눴대?"

"그 건물 다른 쪽에 있는 독실에서. 그리고 혼자 오줌을 누지 절대 협력자들하고 같이 누는 법이 없었기 때문에 그들은 화장실에서 완벽하게 자유로웠고, 대장 앞에서는 입 밖에 내지 못했던 말을 마침내 큰 소리로 내뱉을 수 있었어. 스탈린이 자고새 스물네 마리 이야기를 했던 그날은 특히. 흐루쇼프가 한 말을 더 읽어 봐 줄게. '……욕실에서 손을 씻으면서 우리는 입에 거품을 물고 욕을 해 댔다. 그의 말은 거짓이었다. 거짓말! 아니라고 생각하는 이는 아무도 없었다.'"

"그런데 그 흐루쇼프란 사람은 누군데?"

"스탈린이 죽고 몇 년 후에 소비에트 제국의 최고 우두머리가 됐지."

칼리방은 잠시 가만히 있다가 말했다. "이 이야기에서 딱 하나 믿기지가 않는 건 스탈린 말이 농담이라는 걸 아무도 몰랐다는 거야."

"그렇지." 샤를이 이렇게 말하며 탁자 위에 책을 내려놓았다. "왜냐하면 그 주위 누구도 농담이란 게 뭔지 알지 못하게 됐으니까. 나는 바로 여기에서부터 새로운 역사의 위대한 시기가 도래한 거라고 봐."

샤를은
인형극 공연을 위한
작품을 꿈꾼다

신앙이 없는 내 사전에 단 하나 성스러운 단어가 있으니 그것은 우정이다. 여러분이 알게 된 알랭, 라몽, 샤를, 칼리방, 이 네 친구를 나는 사랑한다. 내가 어느 날 샤를에게 흐루쇼프의 책을 가져다주고 모두 재미있게 즐기라고 한 것도 그들을 좋아하기 때문이다.

그들 넷 모두가 화장실에서의 멋진 피날레를 포함하여 그 자고새 이야기를 다 알게 된 이후에 어느 날, 칼리방이 알랭에게 투덜댔다. "마들렌 만났어. 자고새 이야기를 해 줬지. 그런데 그녀에게는 그저 이해가 안 가는 어떤 사냥꾼 이야기일 뿐이더라. 스탈린이라는 이름도 그냥 어렴풋이 아는 모양인데, 왜 사냥꾼 이름이 그건지 모르겠다고 그러데……."

"스무 살밖에 안 됐잖아." 알랭이 자기 여자 친구를 변호하느라 부드럽게 말했다.

"가만 있자, 그럼 너의 마들렌은 스탈린이 죽고 사십여 년이 지난 후에 태어난 거네." 샤를이 끼어들었다. "난 그 사람이 죽고 십칠 년을 기다려야 했는데. 그리고 라 몽, 너는 스탈린이 죽었을 때 — 계산을 하느라 잠시 멈추었다가 조금 당황하며 말한다. — 세상에, 벌써 세상에 나와 있었네…….”

“창피하지만 사실이야.”

“내가 잘못 알고 있는 게 아니라면, 네 할아버지는 위대한 진보 영웅 스탈린을 지지하기 위해 다른 지식인들과 같이 탄원서에 서명을 했지.” 샤를이 여전히 라몽에게 대고 말을 이어갔다.

“그래.” 라몽이 인정했다.

“아마 네 아버지는 스탈린에 대해 벌써 좀 회의적이었을 테고, 네 세대는 더했을 거고, 우리 세대에서 그는 죄인 중의 죄인이 됐지.”

“그래, 그렇지.” 라몽이 말했다. “사람들은 살면서 서로 만나고, 이야기를 나누고, 토론을 하고, 다투고 그러지, 서로 다른 시간의 지점에 놓인 전망대에서 저 멀리 서로에게 말을 건네고 있다는 건 알지 못한 채 말이야.”

잠시 가만히 있다가 샤를이 말했다. “시간은 흘러가. 시간 덕분에 우선 우리는 살아 있지. 비난받고, 심판받고 한다는 말이야. 그다음 우리는 죽고, 우리를 알았던 이들과 더불어 몇 해 더 머물지만 얼마 지나지 않아 새로운 변화가 일어나. 죽은 사람들은 죽은 지 오래된 자들이 돼서 아무도 그들을 기억하지 못하게 되고 완전히 무(無)로 사라져 버리는 거야. 아주 아주 드물게 몇 사람만이 이름을 남겨 기억되지만 진정한 증인도 없고 실제 기억도 없어서 인형이 되어 버려…… 친구들, 나는 흐루쇼프가 자기 『회고록』에서 들려주는 그 이야기에 홀딱 반해서, 그걸 본떠 인형극을 하나 지어내고 싶은 욕망을 떨칠 수가 없다."

"인형극? 코메디프랑세즈에서 공연하고 싶은 건 아니겠지?" 칼리방이 놀려 댔다.

"아니." 샤를이 말했다. "이 스탈린과 흐루쇼프 이야기를 사람이 연기하면 그건 속임수가 될 테니까. 더 이상 존재하지 않는 사람을 다시 살려 놓는 척할 권리는 누구에게도 없어. 인형으로 어떤 사람을 창조해 낼 권리도 없는 거고."

화장실에서의
반란

"스탈린의 동지들, 이들이 내 마음을 사로잡아." 샤를이 말을 이어 갔다. "화장실에서 그 사람들이 격분해서 소리 지르는 게 머릿속에 그려져. 마침내 마음속에 있던 걸 큰 소리로 말할 수 있는 그 멋진 순간을 그들은 너무나도 애타게 기다렸던 거지. 그런데 그들이 짐작하지 못했던 게 있었어. 스탈린이 그들을 지켜보면서 똑같이 애타게 그 순간을 기다리고 있었다는 것. 자기 패거리가 모두 화장실로 들어가는 순간은 그에게도 역시 달콤한 시간이었어. 친구들, 그의 모습이 눈앞에 떠오른다! 발끝으로 살금살금 긴 복도를 지나 화장실 문에 귀를 대고 듣는 거야. 공산당 정치국 영웅들이 고함을 지르고 발을 구르며 그를 욕하고 있는데, 그들이 하는 말을 들으면서 그가 웃어. 흐루쇼프가 '거짓말이야! 거짓말!'이라 부르짖고 그 목소리가 낭랑히 울려 퍼지는데, 스탈린은 문에 귀를 대고, 아 이 사람이 보여, 눈앞에 보여, 자기 동지가 그렇게 도덕적으로 분개하는 소리를 음미하다가 미친 사람처럼 웃음을 터뜨리고, 웃음소리를 낮추려고도 하지 않아, 화장실에 있는 이들도 미친 듯이 고함을 질러 대고 있어서 그 왁자지껄 난리 속에 자기 목소리는 들리지도 않을 테니까."

"그래, 그 이야기 벌써 우리한테 다 해 줬어." 알랭이 말했다.

"그래, 알아. 하지만 가장 중요한 것, 그러니까 스탈린이 똑같은 말을 되풀이하기를 즐겼고, 같은 사람 몇에게 늘 똑같은 스물네 마리 자고새 이야기를 해 댔던 진짜 이유, 그건 아직 말하지 않았어. 내 작품의 중심 플롯이 바로 거기에 있지."

"그 이유가 뭔데?"

"칼리닌."

"뭐?" 칼리방이 물었다.

"칼리닌."

"그런 이름 들어 본 적 없는데."

알랭은 연배로는 칼리방보다 약간 아래였지만 좀 더 배운 사람이어서 그 이름을 알고 있었다. "분명히 그 사람이겠네, 그 사람 이름을 따서 그 유명한 도시, 이마누엘 칸트가 평생 살았던, 요즘엔 칼리닌그라드로 불리는 그 도시 이름이 지어졌잖아."

그때 길에서 짜증스러운 큰 경적 소리가 들려왔다.

"가 봐야겠어. 마들렌이 기다려. 다음에 봐!" 알랭이 말했다.

마들렌은 길에서 오토바이에 앉아 그를 기다리고 있었다. 오토바이는 알랭 것이었지만 둘이 같이 썼다.

다음번에 샤를은
친구들에게
칼리닌과
프로이센의 수도에 대해
강연을 한다

"그 유명한 프로이센 도시는 원래 쾨니히스베르크라고 불렸어, '왕의 산'이란 뜻이지. 2차 대전 후에야 칼리닌그라드가 됐어. 러시아어로 '그라드'는 도시야. 그러니까 칼리닌의 도시인 거지. 그 시대는, 우린 운 좋게 버티고 살아남았지만, 다시 이름 짓는 데 미쳐 있었어. 차리친을 스탈린그라드라고 했다가, 스탈린그라드를 다음에는 볼고그라드로 바꿨다니까. 상트페테르부르크는 페트로그라드로 했다가, 페트로그라드에서 레닌그라드로, 그리고 나중에는 결국 레닌그라드를 상트페테르부르크로 다시 바꿨어. 켐니츠를 카를마르크스슈타트로 했다가 그다음엔 카를마르크스슈타트에서 다시 켐니츠로 바꿨고. 쾨니히스베르크는 칼리닌그라드로 바꿨는데…… 그렇지만, 잘 들어, 칼리닌그라드는 다시 이름을 바꾸지 않았고 앞으로도 영원히 그럴 거야. 칼리닌의 영광은 다른 모든 영광을 넘어서게 될 거라고."

"그런데 그 사람이 누군데?" 칼리방이 물었다.

샤를이 이어서 말했다. "아무런 실질적 힘도 없던 사람, 아무 죄 없는 가여운 꼭두각시, 그러면서도 오랫동안 소비에트연방 최고회의 의장, 그러니까 의전상 국가원수였던 사람. 사진을 본 적이 있는데 엉성하게 재단된 윗도리 차림에 턱수염이 뾰족하게 난 나이 든 노동자 투사야. 그런데 칼리닌은 그때 이미 나이가 많아서 전립샘이 비대해져 있었기 때문에 뻔질나게 오줌을 누러 가야 했어. 소변 욕구는 늘 너무도 돌연하고 강력해서 심지어 공식 오찬 중이거나 많은 청중 앞에서 연설을 하던 중에도 공중화장실로 달려가야 했지. 그러다 보니 아주 능란하게 잘하게 된 거야. 우크라이나의 한 도시에 새로 지은 음악당 개관을 기념해서 큰 축제가 열렸을 때 칼리닌이 엄숙한 일장 연설을 했는데 그때 일을 지금까지 온 러시아가 다 기억해. 그는 이 분마다 연설을 멈춰야 했는데 말이야, 매번 그가 연단에서 멀어지자마자 얼른 오케스트라가 민속음악을 연주하기 시작하고 우크라이나의 금발 미녀 발레리나들이 무대 위로 튀어나와 춤을 춘 거야. 칼리닌이 연단으로 돌아올 때면 사람들은 언제나 큰 박수로 그를 맞이했어. 그가 다시 연단을 떠나면 박수 소리가 더 크게 울려 금발 발레리나들을 반겼지. 그러다가 그가 나갔다 들어왔다 하는 간격이 점점 더 짧아지면서 박수는 더 길고, 힘차고, 열광적이 되어 가서 나중엔 그 공식적인 기념식이 말이야, 사람들이 신이 나서 미쳐 날뛰고 아우성을 치는, 이제껏 소비에트 공화국이 듣도 보도 못 한 난장판이 되어 버린 거야."

"하지만 휴식 시간에 칼리닌이 다시 동지들 무리 속에 있게 될 때면 아무도 그의 소변에 박수를 보낼 마음이 없었어. 칼리닌은 규율에 절대 복종하는 사람이어서 스탈린이 자기 일화들을 이야기하는데 감히 화장실에 들락거리느라 방해를 할 엄두도 내지 못했고. 이야기하는 내내 스탈린의 시선이 그를 뚫어지게 응시하면서 그의 얼굴이 점점 하얗게 질리다가 경련이 일며 일그러지는 것을 주시하고 있었으니 더 그랬지. 그럴수록 스탈린은 말을 더 천천히 하고, 묘사를 덧붙이고, 본론을 벗어나 샛길로 빠지고, 결말을 미뤘어, 자기 앞의 잔뜩 얼어 있는 얼굴에 긴장이 풀리고 일그러진 표정이 사라져 평온해지면서 머리에 평화의 후광이 드리우는 순간까지 말이야. 그때서야 스탈린은 다시 한 번 칼리닌이 그 커다란 전투에서 패배했다는 것을 알고는 얼른 결론으로 넘어가서, 탁자에서 일어나 친근하고 즐거운 미소를 띠며 회합을 끝내곤 했어. 다른 이들도 모두 자리에서 일어나 심술궂게 자기네 동지를 쳐다봤지, 젖은 바지를 감추려고 탁자나 의자 뒤에서 꼼짝 못 하고 있는 그 동지를."

샤를의 친구들은 그 장면을 상상해 보며 무척 재미있어 했는데, 잠시 말이 멎은 다음에야 칼리방이 그 즐거운 분위기에 이어진 침묵을 깨고서 말했다. "그래도 무엇 때문에 스탈린이 그 유명한 …… 유명한 …… 그 사람이 평생 살았다는 독일 도시에다가 그 가여운 전립샘 비대증

환자 이름을 갖다 붙였는지는 설명이 안 돼."

"이마누엘 칸트."

알랭이 그에게 작게 일러 주었다.

알랭은
알려지지 않은
스탈린의 다정함을
발견한다

　일주일 후 카페에서(혹은 샤를네 집에서, 기억이 안 난다.) 친구들을 다시 만나자 알랭은 다짜고짜 그들이 하던 말을 끊고 말했다. "스탈린이 왜 그 유명한 칸트의 도시에다 칼리닌이란 이름을 붙였는가, 나한테는 그게 전혀 불가사의가 아니라는 말을 하고 싶어. 너희들이 무슨 설명을 찾아냈는지 모르겠지만 내가 보기에 이유는 딱 하나야. 스탈린이 칼리닌에게 특별한 정이 있었다는 것."

　친구들이 뜻밖인데 재미있다는 기색을 보이자 그는 기분이 좋았고 흥이 나기까지 했다. "알아, 알아…… 정이라는 말은 스탈린의 평판에 어울리지 않지, 세기의 악마야, 알아, 그의 삶은 온통 음모와 배신과 전쟁, 투옥, 암살, 학살로 가득했어. 그렇지 않다는 게 아니라 나는 오히려 그걸 더 강조해서, 그가 겪어 냈고 자행했을 그 잔혹한 일들의 어마어마한 무게 앞에서 그가 똑같이 어마어마한 연민을 발휘하기란 불가능했다는 점을 아주 분명하게 드러내고 싶은 거라고. 인간의 능력을 벗어나는 일이었을 거야. 그런 삶을 살려면 그는 연민의 능력을 마비시켜 완전히 잊어버리는 수밖에 없었어. 하지만 칼리닌에 대해서는, 학살로부터 비켜서서 잠시 멈춰 있는 그런 때, 수다를 떠는 그 평온한 휴식의 순간에는, 모든 것이 달랐어. 그는 완전히 다른 고통, 소소하고 구체적이며 개인적이고 불가해한 고통에 맞닥뜨리곤 한 거야. 그는 고통 받는 자신의 동지를 바라보면서 자기 속에서 희미하고 겸허한, 거의 알지 못했던, 하여간 다 잊어버린 어떤 감정, 그러니까 고통 받는 이에 대한 사랑의 감정이 일어나는 것을 느끼며 좀 놀랐지. 그의 거친 삶에서 그 순간은 휴식과 같았어. 칼리닌의 방광에서 소변의 압력이 높아지는 것과 같은 템포로 스탈린의 마음속에서 애정이 점점 커져 갔어. 다 잊은 채 느끼지 못한 지 오래된 감정을 다시 발견한 것이 그에게는 형언할 수 없이 아름다웠던 거야."

알랭이 계속해서 말했다. "이거 아니고는 쾨니히스베르크를 칼리닌그라드로 이상하게 개명한 걸 설명할 도리가 없어. 내가 태어나기 삼십 년 전 일이지만 나는 그 상황이 상상이 가. 전쟁이 끝나고 러시아인들은 자기네 제국에 유명한 독일 도시 하나를 합병했는데 그 도시를 새로운 이름으로 러시아화해야 하지. 아무 이름이나 되진 않아! 전 세계에서 유명한 이름, 대단한 광채로 적들의 입을 다물게 만드는 그런 이름으로 다시 지어야 하는 거야! 러시아인들에게 그런 대단한 이름들은 차고 넘

처! 예카테리나 대제! 푸시킨! 차이콥스키! 톨스토이!
히틀러를 무찔러 그 시절에 사방에서 칭송을 받은 장군
들은 말하지도 않을게. 그러니 스탈린이 그렇게 별 볼일
없는 인물의 이름을 택한 걸 어떻게 이해해야 할까? 그
렇게 명백하게 바보 같은 선택을 한 것을? 거기에는 내
밀하고 비밀스러운 이유밖에 있을 수가 없어. 우리가 아
는 이유. 자기 눈앞에서 자기를 위해 고통 받고 있는 사
람을 따뜻한 마음으로 생각하며, 그의 충성에 감사를 표
하고 헌신에 대한 보상으로 기쁨을 주고 싶었던 거야. 내
생각이 틀리지 않는다면 — 라몽, 내 생각을 고쳐 줘도
돼! — 역사의 그 짧은 순간 동안 스탈린은 세계에서 가
장 강력한 국가원수고, 자신도 그걸 알아. 그는 모든 대
통령과 제왕들 가운데 자기 혼자, 파렴치하게 계산된 대
단한 정치적 제스처들을 싹 무시해 버린 사람, 완전히 개
인적이고 변덕스럽고 무분별하며 휘황찬란하게 기이하
고 아주 근사하게 터무니없는 결정을 할 수 있는 유일한
사람이라는 데에 짓궂게 기쁨을 느끼는 거야."

탁자 위에 마개를 딴 적포도주 병이 놓여 있었다. 알랭
의 잔은 벌써 비었다. 그가 다시 잔을 채우고 계속 말했
다. "지금 너희한테 말을 하다 보니까 이 이야기에서 의
미가 점점 더 심오해지는 게 보인다." 그는 술을 한 모금
마시고 말을 이었다. "팬티를 더럽히지 않기 위해 괴로
움을 견딘다는 것…… 청결의 순교자가 된다는 것……
생기고, 늘어나고, 밀고 나아가고, 위협하고, 공격하고,

죽이는 소변과 맞서 투쟁한다는 것…… 이보다 더 비속하고 더 인간적인 영웅적 행위가 존재하겠냐? 나는 우리 거리들에 이름을 장식한 이른바 그 위인이라는 자들은 관심 없어. 그 사람들은 야망, 허영, 거짓말, 잔혹성 덕분에 유명해진 거야. 칼리닌은 모든 인간이 경험한 고통을 기념하여, 자기 자신 외에 아무에게도 해를 끼치지 않은 필사적인 투쟁을 기념하여 오래 기억될 유일한 이름이지."

그가 연설을 마치자 모두가 감동했다.

잠시 침묵한 뒤 라몽이 말했다. "전적으로 네 말이 맞아, 알랭. 나는 죽은 다음에도 십 년마다 다시 깨어나 칼리닌그라드가 여전히 칼리닌그라드로 남아 있는지 확인하고 싶어. 그래야만 나는 인류에 대해 약간의 연대감을 느끼고 관계를 회복해서 다시 내 무덤으로 내려갈 수 있을 것 같다."

3부　　알랭과 샤를은 자주
어머니를 생각한다

그가 배꼽의 신비에
처음 사로잡힌 것은
어머니를 마지막으로
봤을 때이다

천천히 집으로 돌아오면서 알랭이 아가씨들을 자세히 보니 아주 짧은 티셔츠 차림에 바지는 모두 아슬아슬하게 골반에 걸쳐져서 배꼽이 훤히 드러나 있었다. 아가씨들이 남자를 유혹하는 힘이 이제는 허벅지도 엉덩이도 가슴도 아닌, 몸 한가운데의 둥글고 작은 구멍에 총집중돼 있단 말인가.

내가 같은 말을 되풀이한다고? 이 소설 첫머리에 쓴 것과 똑같은 단어들로 이번 장을 시작하고 있다고? 나도 안다. 알랭이 배꼽의 수수께끼에 열중해 있다는 말을 이미 했지만 그래도 나는, 여러분도 몇 년까지는 아니어도 몇 달 동안 같은 문제들(알랭의 머리에서 떠나지 않는 그 문제보다 분명 훨씬 더 별 볼일 없는 문제들)에 골몰하기도 하듯이, 이 수수께끼가 여전히 그를 사로잡고 있다는 것을 감추고 싶지 않다. 그는 그러니까 거리를 돌아다니며 자주 배꼽 생각을 하는데, 또 그러고 있다고 마음이 불편하지도 않았고 심지어 묘하게 집요하기까지 했다. 배꼽은 그에게 오래전의 어떤 기억, 마지막으로 어머니를 만났던 기억을 불러일으켰기 때문이다.

그때 그는 열 살이었다. 아버지와 그가 단둘이 정원과 수영장이 딸린 빌라를 빌려 휴가를 보내고 있었다. 수년 간의 부재 후 처음으로 그녀가 그들을 찾아왔다. 그녀와 그녀의 전남편은 빌라에 틀어박혀 있었다. 그래서 반경 1킬로미터까지 숨 막힐 듯한 공기가 감돌았다. 그녀가 얼마나 머물렀을까? 아마 한두 시간, 알랭이 수영장에서 혼자 놀려고 해 봤던 그 한두 시간을 넘지는 않았을 것이다. 그가 수영장에서 막 나오는데 그녀가 걸음을 멈추고 그에게 작별 인사를 했다. 그녀 혼자였다. 그들은 무슨 이야기를 했을까? 그는 모른다. 단지 그녀가 정원 의자에 앉아 있었고 자기는 아직 젖은 수영복을 입고 그녀 앞에 서 있었다는 것만 기억할 뿐이다. 서로 무슨 말을 했는지는 다 잊었지만 어떤 순간 하나, 구체적이며 정확하게 각인된 한 순간만은 그의 기억에 단단히 자리 잡았다. 의자에 앉은 그녀가 아들의 배꼽을 뚫어지게 바라본 그 순간. 그는 그 시선이 아직도 배에 느껴진다. 이해하기 힘든 시선. 그 시선에는 어딘가 설명할 수 없게 연민과 경멸이 한데 섞여 있는 것 같았다. 어머니 입술이 미소(연민과 경멸의 미소)의 형태를 띠었고, 잠시 후 그녀는 의자에 앉은 채 그에게 몸을 기울여 검지로 배꼽을 건드렸다. 그러고는 얼른 자리에서 일어나 그의 뺨에 입을 맞추고 (정말로 입을 맞췄던가? 아마도. 하지만 그는 확신

이 없다.) 떠나갔다. 그리고 그는 그녀를 다시는 보지 못
했다.

한 여자가
차에서
나온다

작은 차 하나가 강을 따라 난 길을 달린다. 변두리 끝
자락과 시골 사이 어디쯤, 집이 점점 드물어지고 행인도
없는 곳, 찬 아침 공기에 그 볼품없는 풍경이 더 처량해
진다. 차가 길가에 멈추고, 그만하면 미인이라 할 젊은
여자가 내린다. 이상한 일이다. 여자가 자동차 문을 아무
렇게나 툭 밀치기만 하는 것을 보면 문이 잠기지 않은 게
분명하다. 우리가 살아가는 이 도둑들의 시대에 이토록
부주의할 수는 없을 텐데, 이는 무슨 의미일까? 그녀는
그렇게 정신이 없는 걸까?

아니, 정신없어 보이기는커녕 오히려 그녀의 얼굴에
는 결연한 의지가 서려 있다. 이 여자는 자신이 무얼 원
하는지를 안다. 이 여자는 의지 그 자체다. 그녀는 강에
놓인 다리를 향해 몇백 미터쯤 걷는다. 꽤 높고 좁다란,
차량 통행은 금지된 다리다. 그녀는 다리로 접어들어 맞
은편 강가로 향해 간다. 그녀는 여러 차례 주위를 두리
번거리는데, 자신을 기다리는 누군가가 있어서가 아니

라 아무도 없는지 확인하려는 것 같아 보인다. 그녀는 다리 한가운데에서 멈춘다. 얼핏 망설이는 듯 보이지만, 아니다, 망설이는 것도 아니고 갑자기 의지가 약해진 것도 아니며, 오히려 집중을 강화해서 의지를 더 확고하게 만들려는 순간이다. 의지를? 더 정확히 말하면 증오를. 그렇다. 망설임처럼 보였던 그 멈춤은 사실 증오를 향한 부름이다. 증오가 그녀와 함께 있기를, 그녀에게 의지가 되어 주기를, 한 순간도 그녀를 떠나지 말기를 청하는 부름이다.

그녀는 난간을 넘어 허공으로 몸을 던진다. 아래로 떨어져 수면에 세차게 부딪힌 데다 추워서 감각이 없지만, 얼마간 시간이 지나자 그녀는 머리를 들어 올리고, 수영에 아주 능숙한 탓에 죽고자 하는 의지를 거슬러 온몸이 자동적으로 반응한다. 그녀는 다시 머리를 물에 처박고서 물을 들이마셔 자기 숨을 막으려고 애쓴다. 그때 어떤 외침 소리가 들려온다. 맞은편 강가에서 들려오는 외침. 누군가 그녀를 보았다. 그녀는 죽는 게 쉽지 않으리라는 것을, 그리고 가장 큰 적은 수영을 잘하는 자신의 제어 불가능한 반사운동이 아니라 자신이 고려하지 않았던 누군가라는 것을 깨닫는다. 그녀는 온힘을 다해 발버둥 쳐야 할 것이다. 자신의 죽음을 구하기 위해.

그녀는
살해한다

　　그녀는 소리 나는 쪽을 본다. 누군가 강물에 뛰어들었다. 그녀는 생각한다. 그대로 수면 아래 머물러 물을 들이마시고 익사할 결심인 자기가 빠를까, 아니면 가까이 다가오고 있는 저 사람이 빠를까? 폐에 물이 차서, 그러니까 힘이 다 빠진 채 자신이 반쯤 익사 상태가 되면 저 구원자에게는 그만큼 더 손쉬운 먹이가 되지 않겠는가? 그 사람은 강기슭으로 그녀를 끌고 갈 테고, 바닥에 내려놓을 테고, 폐에서 물을 빼낼 테고, 인공호흡을 할 테고, 구조대, 경찰을 부를 테고, 그러면 그녀는 구조되고 영원히 우스운 꼴이 되리라.

　　"그만해요, 그만해요!"

　　그 남자가 소리친다.

　　모든 것이 바뀌어 버렸다. 그녀는 강물 아래로 더 내려가지 않고 머리를 들어 힘을 모으기 위해 심호흡을 한다. 그는 벌써 코앞에 와 있다. 유명해지고 싶고, 신문에 자기 사진이 나오길 바라는 젊은이, 사춘기 남자애다. 그

저 "그만해요, 그만해요!" 소리만 해 대고 있다. 그는 벌써 그녀를 향해 손을 내미는데, 그녀는 그 손을 뿌리치지 않고 꽉 잡아 강물 바닥으로 끌어당긴다. 할 줄 아는 말이 그 한 마디뿐인 것처럼 그가 또 한 번 "그만해요!"라고 소리친다. 그러나 이제는 그 말을 하지 않을 것이다. 그녀는 남자애의 팔을 잡고 아래로 끌어내려서는 그의 머리가 물속에 박혀 있도록 그의 등 위에 눕는다. 그는 저항하고, 발버둥치고, 벌써 물을 들이마셨고, 여자를 때리려 해 보지만, 그녀는 그 위에 자리를 잘 잡고 누워 있고, 그는 숨을 쉬기 위해 고개를 들지도 못하며, 긴, 아주 긴 몇 초가 지나자 몸부림치기를 그친다. 그렇게 그녀는 그를 한동안 잡고 있는데, 마치 너무 지쳐서 몸을 떨며 그의 몸 위에 누워 쉬는 것처럼 보이지만, 얼마 후 아래의 남자가 더 이상 움직이지 않으리라는 확신이 들자 지금 일어난 일이 자신에게 조금의 흔적도 남기지 않도록 그를 놓아 버리고 아까 왔던 강기슭으로 돌아선다.

아니, 어떻게? 결심을 잊은 것일까? 죽음을 훔쳐 가려던 이가 이제 살아 있지 않은데 왜 그녀는 물에 빠져서 죽지 않는 것일까? 마침내 마음대로 할 수 있게 됐는데 왜 이제 죽으려 하지 않는 것일까?

예상치 못하게 다시 찾은 삶은 마치 어떤 타격처럼 그녀의 확고한 의지를 내리쳐 부숴 버렸다. 그녀는 더 이상 죽음으로 온 힘을 집결시킬 기운이 없었다. 몸이 떨렸다.

한순간 모든 의지와 활력이 다 빠져나가고 그녀는 차를
세워 두었던 곳을 향해 기계적으로 헤엄쳐 갔다.

그녀는
집으로
돌아간다

조금씩 물의 깊이가 얕아지는 것을 느끼며 그녀는 바닥에 발을 디디고 선다. 강 바닥 진흙에 신발을 빠뜨리는데 찾을 힘이 없다. 그녀는 맨발로 물에서 나와 길 쪽으로 올라간다.

다시 발견한 세상은 그녀에게 불친절한 얼굴을 내보이고 금세 불안이 그녀를 사로잡는다. 차 열쇠가 없다! 어디 있지? 치마에는 주머니가 없다. 죽음을 향해 가면서 길에 뭘 흘리는지 신경을 쓰지는 않는 법이다. 그녀가 차에서 내릴 때 미래는 더 이상 존재하지 않았다. 그녀는 아무것도 감출 것이 없었다. 그런데 지금은 갑자기 모든 것을 감춰야 한다. 어떤 흔적도 남기지 않아야 한다. 점점 불안이 심해진다. 열쇠가 어디 있지? 집에 어떻게 가지?

이제 차 옆에 선 그녀, 문을 당겨 보니 놀랍게도 그냥 열린다. 열쇠가 계기판에 버려진 채 그녀를 기다리고 있다. 그녀는 운전대에 앉아 물에 젖은 맨발을 페달에 올려

놓는다. 그녀는 여전히 떨고 있다. 추워서 떠는 것이기도 하다. 더러운 강물에 잠겼던 셔츠와 치마에서 물이 떨어진다. 그녀는 열쇠를 돌리고 출발한다.

그녀에게 삶을 강요하려 했던 사람은 물에 빠져 죽었다. 그리고 그녀가 죽이려 했던 배 속 아이는 살아 있다. 자살 생각은 아예 사라졌다. 되풀이는 없다. 젊은이는 죽었고 태아는 살아 있으니 그녀는 무슨 일이 있었는지 아무도 알아내지 못하도록 무엇이든 다 할 것이다. 전율과 더불어 그녀의 의지가 깨어난다. 그녀는 바로 앞에 닥친 미래만 생각한다. 어떻게 아무도 모르게 차에서 내릴까? 온통 젖은 옷차림으로 어떻게 눈에 띄지 않고 수위실 앞을 살그머니 지나갈까?

그 순간 알랭은 뭔가에 어깨가 세게 부딪힌 것을 느꼈다.

"조심하라고, 이 멍청아!"

돌아보니 인도에서 한 아가씨가 빠르고 힘찬 걸음으로 그의 옆을 지나쳐 가는 것이 보였다.

"죄송합니다." 그녀를 향해 (그의 작은 목소리로) 그가 외쳤다.

"병신!" 아가씨가 돌아보지도 않고 (큰 소리로) 대답했다.

사과쟁이들

집에 혼자 있는데 알랭은 아직도 어깨가 확실히 아픈 것을 느끼며 그저께 길에서 그 젊은 여자가 틀림없이 자기를 일부러 그렇게 절묘하게 밀친 거라고 생각했다. 그는 자신을 "멍청이."라 불렀던 그 날카로운 목소리가 잊히지 않았고, "죄송합니다."라고 간곡히 사과하는 자기 목소리와 뒤이어 돌아온 "병신!"이라는 대답이 다시 귀에 울렸다. 또 쓸데없이 사과를 하다니! 왜 그렇게 바보같이 반사적으로 노상 미안하다고 해 대는 것일까? 기억을 떨칠 수가 없어서 누구와 말이라도 해야 할 것 같았다. 그는 마들렌에게 전화를 했다. 그녀는 파리에 없었고 휴대폰은 꺼져 있었다. 그래서 샤를의 번호를 눌러서는 목소리가 들리자마자 대뜸 사과부터 했다. "화내지 마. 나, 아주 기분이 안 좋아. 이야기 좀 해야겠어."

"마침 잘됐네. 나도 기분이 안 좋아. 그런데 너는 왜?"

"나 자신한테 화가 나서 그래. 나는 왜 틈만 나면 죄책감을 느끼는 걸까?"

"괜찮아."

"죄책감을 느끼느냐 안 느끼느냐. 모든 문제는 여기에 있는 것 같아. 삶이란 만인에 대한 만인의 투쟁이지. 다들 알아. 하지만 어느 정도 문명화된 사회에서 그 투쟁은 어떻게 펼쳐지지? 보자마자 사람들이 서로 달려들 수는 없잖아. 그 대신 다른 사람한테 잘못을 뒤집어씌우는 거야. 다른 이를 죄인으로 만드는 자는 승리하리라. 자기 잘못이라 고백하는 자는 패하리라. 네가 생각에 푹 빠져서 길을 걷고 있어. 어떤 여자가 맞은편에서 오는데 마치 세상에 저 혼자인 것처럼 왼쪽도 오른쪽도 안 보고 그대로 전진하는 거야. 둘이 서로 부딪쳐. 자, 이제 진실의 순간이야. 상대방한테 욕을 퍼부을 사람이 누구고, 미안하다고 할 사람이 누굴까? 전형적인 상황이야. 사실 둘 다 서로에게 부딪힌 사람이면서 동시에 서로 부딪친 사람이지. 그런데 즉각, 자발적으로, 자기가 부딪쳤다고, 그러니까 자기 잘못이라고 생각하는 사람들이 있어. 그런가 하면 또 즉각, 자발적으로 자기가 상대에게 부딪힌 거라고, 그러니까 자기는 잘못한 게 없다면서 대뜸 상대방을 비난하고 응징하려 드는 사람들도 있지. 이런 경우 너라면 사과할 것 같아 아니면 비난할 것 같아?

"나라면 분명 사과하겠지."

"아이고, 이 친구야, 너도 사과쟁이 부대에 속한다는 거네. 사과로 다른 사람의 환심을 살 수 있다고 생각한다고."

"그래, 그렇지."

"그런데 착각이야. 사과를 하는 건 자기 잘못이라고 밝히는 거라고. 그리고 자기 잘못이라고 밝힌다는 건 상대방이 너한테 계속 욕을 퍼붓고 네가 죽을 때까지 만천하에 너를 고발하라고 부추기는 거야. 이게 바로 먼저 사과하는 것의 치명적인 결과야."

"맞아. 사과하지 말아야 해. 하지만 그래도 나는 사람들이 모두 빠짐없이, 쓸데없이, 지나치게, 괜히, 서로 사과하는 세상, 사과로 서로를 뒤덮어 버리는 세상이 더 좋을 것 같아."

"그 말을 어쩜 그렇게 슬픈 목소리로 하냐." 알랭이 놀라워했다.

"두 시간 전부터 어머니 생각만 하고 있어."

"무슨 일이야?"

천사들

"편찮으시대. 심각한 걸까 봐 겁이 난다. 조금 아까 전화를 하셨어."

"타르브에서?"

"응."

"혼자 계셔?"

"외삼촌이 가 계시지. 하지만 그 양반은 어머니보다 더 연로하셔. 차에 올라타 곧장 달려가고 싶지만 그럴 수가 없네. 오늘 저녁에 취소할 수 없는 일이 있어. 그보다 더 바보 같을 수 없는 일이. 하지만 내일은 갈 거야……."

"참 이상하지. 네 어머니 생각을 자주 하게 된다."

"너도 뵈면 좋아할 거야. 재미있으셔. 걷는 건 벌써 힘들어 하시지만 어머니하고 나는 서로 많이 웃겨."

"너 우스운 이야기 좋아하는 거 어머니 닮았구나?"

"아마도."

"이상하네."

"왜?"

"네가 늘 해 준 이야기를 듣고 나는 네 어머니를 프랑시스 잠의 시에서 걸어나온 것 같은 분으로 상상했거든. 아픈 동물들과 나이 든 농부들이 그분 곁에 있고. 노새들과 천사들 가운데 말이야."

"그래, 어머니는 그렇지." 샤를은 이렇게 말하고는 조금 있다가 다시 말했다. "천사 이야기는 왜 했어?"

"뭐가 이상한데?"

"내 작품에서……." 그는 잠시 멈추었다가 다시 말했다. "있잖아, 내 인형극 말이야, 그저 농담이야, 그냥 웃기는 소리, 작품을 쓰는 게 아니라 그냥 머릿속에 그려 보는 거지, 하지만 다른 건 아무것도 재미있지 않으니 어떡해…… 그러니까 이 작품 마지막 막에서 천사가 나오는 걸 구상 중이야."

"천사가? 왜?"

"몰라."

"그럼 작품은 어떻게 끝나는데?"

"지금은 마지막에 천사가 나올 거라는 것밖에 몰라."

"너한테는 천사가 뭐야?"

"신학은 잘 몰라. 우선, 누가 잘해 주면 감사하다는 말로 '당신은 천사예요.' 하잖아, 이 문장을 따라서 천사를 상상해. 우리 어머니가 그런 말을 많이 들어. 바로 그래서 네가 노새와 천사들이 어머니 곁에 있는 모습을 상상했다고 말했을 때 내가 놀란 거야. 어머니는 그렇지."

"나도 신학 몰라. 그저 하늘에서 내쳐진 천사들이 있

다는 것만 떠오르네."

"그래. 하늘에서 내쳐진 천사들." 샤를이 따라 말했다.

"그거 말고 우리가 천사들에 대해 뭘 아나? 허리가 가늘다는 거……."

"맞아, 배 나온 천사는 상상하기 어렵다."

"그리고 날개가 있다는 거. 또 하얗다는 거. 하얗지. 이봐, 샤를, 내 생각이 틀리지 않는다면 말이야, 천사에겐 성(性)이 없어. 어쩌면 바로 그래서 천사가 하얀 걸 거야."

"어쩌면."

"그리고 선한 것도."

"어쩌면."

잠시 가만히 있다가 알랭이 말했다. "천사에게 배꼽이 있을까?"

"왜?"

"천사에게 성이 없다면 여자 배에서 태어나지 않은 거잖아."

"그럼, 그렇지."

"그러니까 배꼽이 없어."

"그래, 배꼽이 없지, 그렇지……."

알랭은 휴가지 빌라의 수영장 옆에서 열 살짜리 아들의 배꼽을 검지로 만졌던 젊은 여인을 생각했고, 샤를에게 이렇게 말했다. "이상해. 나도 얼마 전부터 계속 내 어머니를 머릿속에 그려 보게 돼…… 온갖 가능한 상황, 불가능한 상황들 속에서……."

"어이, 그만하자! 그 빌어먹을 칵테일파티인지 뭔지
준비해야 해."

4부   그들 모두가 좋은
     기분을 찾아 나선다

칼리방

칼리방의 첫 번째 직업, 그러니까 곧 그의 삶의 의미인 직업은 배우였다. 이 직업은 그의 신분증에도 분명히 적혀 있었고, 소속 없는 배우 자격으로 실업수당도 오래전부터 받아 온 것이었다. 마지막으로 무대에 섰던 때 그는 셰익스피어의 「템페스트」에 나오는 괴물 캘리번을 연기했다. 살갗에 갈색 크림을 바르고 머리에는 검은 가발을 쓰고서 그는 미친 사람처럼 울부짖으며 뛰어다녔다. 친구들은 그 연기에 홀딱 반해서 그를 아예 그 연기를 떠올리게 하는 이름으로 부르기로 했다. 벌써 오래전 일이었다. 그 후로 극단들은 그를 쓰기를 주저했고 버는 돈도 한 해 한 해 줄어 갔는데, 하기는, 일이 없는 다른 수많은 배우, 무용가, 가수 들도 마찬가지이기는 했다. 그때 샤를이 개인 칵테일파티 준비하는 일을 맡아 생활비를 벌면서 그에게 서빙을 맡긴 것이었다. 그렇게 해서 칼리방은 얼마간 돈도 벌 수 있게 됐지만 또한 늘 자신의 잃어버린 소명을 찾으려 애쓰는 배우이니만큼 그 일이 때

때로 자신의 정체성을 바꿀 수 있는 기회라 여겼다. 그의 미학적 관념은 좀 순진해서 (그의 수호성인, 셰익스피어의 캘리번 역시 순진하지 않았던가?) 그는 자기가 연기하는 인물이 실제 자기 삶과 거리가 멀수록 그만큼 더 배우의 공이 커지는 것이라 생각했다. 그가 샤를과 함께 다닐 때 자신이 프랑스인이 아니라 외국인이며, 주위의 아무도 모르는 언어 딱 하나밖에 할 줄 모르는 걸로 하겠다고 우긴 것은 그 때문이었다. 새로운 조국을 찾아야 했을 때 그는, 아마도 살짝 그은 피부 때문인 것 같은데, 파키스탄을 택했다. 안 될 게 뭔가? 조국을 선택하는 것은 아주 쉽다. 하지만 그 나라 언어를 만들어 내는 것, 그것이 힘든 일이다.

즉석에서 삼십 초만이라도 죽 연이어 가상 언어로 말해 보시라! 당신은 똑같은 음절들만 돌아가며 되풀이할 테고 당신이 주절댄 말이 사기라는 것이 금세 드러날 것이다. 존재하지 않는 언어를 만들어 내는 일에는 청각적 신뢰감의 부여가 전제된다. 특별한 음성학을 창제해야 하고 '아'나 '오'를 프랑스 사람들처럼 발음하지 말아야 하는 것이다. 그리고 어떤 음절에 일정하게 강세가 주어지는지도 정해야 한다. 또한 말을 자연스럽게 만들려면 이 얼토당토않은 소리들 배후에 어떤 문법적 구조를 고안해서 어떤 단어가 동사고 어떤 단어가 명사인지 아는 것이 권장된다. 그리고 친구 두 사람의 경우, 조수, 프랑스인 역할, 즉 샤를의 역할을 확실히 규정하는 것이 중요하다. 파키스탄 말을 할 줄은 몰라도 응급상황에서 프랑스어 한 마디 없이 이야기의 핵심은 서로 이해할 수 있도록 그가 최소한 단어 몇 개는 알고 있어야 하는 것이다.

그건 힘든 일이었지만 재미있었다. 하지만 슬프게도 아무리 매혹적인 장난이라 해도 세월의 법칙을 벗어나지는 못한다. 처음 칵테일파티를 하던 무렵에는 두 친구가 재미있게 즐겼다면, 얼마 지나지 않아 칼리방은 신비화하려 기를 쓰는 그런 짓이 모두 아무 소용없는 일 아닌가 하는 생각이 들게 됐는데, 왜냐하면 손님들이 그에게 전혀 관심을 보이지 않았고 또 그의 말을 알아듣지 못하니만큼 무엇을 먹거나 마시고 싶다고 간단한 몸짓을 할 뿐 그가 하는 말을 듣지도 않았기 때문이다. 그는 관객 없는 배우가 되었다.

흰색
상의와
포르투갈
아가씨

그들은 칵테일파티가 시작되기 두 시간 전에 다르델 로의 아파트에 도착했다. "이 사람은 제 조수입니다, 부인. 파키스탄 사람이지요. 죄송하지만 이 친구는 프랑스어를 한 마디도 모릅니다." 샤를이 이렇게 말하자 칼리방은 몇 마디 알아들을 수 없는 말을 하면서 과하게 격식을 차린 인사로 다르델로 부인에게 몸을 숙였다. 다르델로 부인이 아무 관심도 보이지 않고 살짝 지루한 기색을 비치며 눈길조차 주지 않자 칼리방은 자기 언어를 그렇게 공들여 만들어 냈는데 역시 아무 소용도 없구나 싶어서 몹시 침울해졌다.

다행히 낙심에 이어 곧바로 작은 기쁨 하나가 그를 위로했다. 다르델로 부인에게서 두 남자의 일을 거들라는 명을 받은 가정부가 그토록 이국적인 존재에게서 눈을 떼지 못하고 있었던 것이다. 그녀는 그에게 여러 번 말을 건넸다가 그가 자기 말을 알아듣지 못한다는 것을 알고는 처음에는 어쩔 줄 모르더니 나중에는 묘하게 긴장이 풀린 모습을 보였다. 그녀는 포르투갈인이었기 때문이다. 칼리방이 그녀에게 파키스탄어로 말을 하니 그녀도 프랑스어, 자기가 싫어하는 언어를 내던지고 모국어를 쓸 수 있는 아주 드문 기회를 얻은 것이었다. 알아듣지 못하는 두 언어로 나누는 대화가 그들을 서로 가까워지게 만들어 주었다.

얼마 후 소형 트럭이 집 앞에 와 멈췄고, 일하는 남자 둘이 포도주, 위스키, 햄, 살라미, 작은 파이 종류 등 샤를이 주문한 것을 모두 위로 올려 왔다. 샤를과 칼리방은 가정부의 도움을 받아 거실에 놓인 긴 테이블을 커다란 식탁보로 덮고 그 위에 접시, 쟁반, 잔, 술병 들을 놓았다. 그다음, 칵테일파티 시간이 다가오자 그들은 다르델로 부인이 정해 준 작은 방으로 물러갔다. 그리고 가방에서 하얀색 상의 두 벌을 꺼내 입었다. 거울도 필요 없었다. 그들은 둘이 서로 바라보다가 피식 웃지 않을 수 없었다. 이 순간이 그들에게는 언제나 잠시 기쁨을 느끼는 순간이었다. 먹고살기 위해 할 수 없이 일한다는 것을 거의 잊어버렸고, 하얗게 분장한 서로의 모습을 보면서 재미있게 놀고 있는 것만 같았다.

잠시 후 샤를은 칼리방이 마지막 음식들을 준비하게 두고 거실로 나갔다. 자신만만해 보이는 아주 어린 아가씨 하나가 부엌으로 들어오더니 가정부를 돌아보며 말했다. "거실에 잠시라도 나타나면 안 돼! 손님들이 아줌마를 보면 나 노방살 서야." 그러고 나서 그 포르투갈 여자의 입술을 쳐다보더니 웃음을 터뜨리며 말했다. "어디서 이런 색깔을 찾아낸 거야? 아프리카 새 같아! 부랑부부부의 앵무새!" 그러고는 깔깔 웃으며 부엌에서 나갔다.

포르투갈 여자는 눈물을 글썽이며 칼리방에게 (포르투갈어로) 말했다. "사모님은 좋아요. 그런데 딸은! 어째 저렇게 못됐는지! 당신이 맘에 들어서 저렇게 말하는 거라고요. 남자들이 있으면 꼭 나한테 못되게 군다니까! 남자들 앞에서 나한테 모욕을 주는 게 재미있는 거예요."

아무 대답도 할 수가 없어서 칼리방은 그녀의 머리를 쓰다듬었다. 그녀는 그를 올려다보며 (프랑스어로) 말했다. "좀 봐요, 내 립스틱이 그렇게 흉해요?"

그녀는 자기 입술 전체를 그가 다 볼 수 있도록 머리를 좌우로 움직였다.

"아뇨, 색깔을 아주 잘 골랐고……." 그가 (파키스탄어로) 말했다.

흰 옷차림이라 칼리방은 그녀가 보기에 더 숭고하고 이 세상 사람 같지 않았는데, 그녀는 (포르투갈어로) 이렇게 말했다.

"당신이 여기 있어서 정말 좋아요."

그러자 그는 (계속 파키스탄어로) 자신의 달변에 도취해서 말했다. "당신의 입술뿐만 아니라 당신의 얼굴, 당신의 몸, 내 앞에 이렇게 마주 보이는 당신이라는 사람 전체가 아름답습니다, 당신은 정말 아름다워요……."

"아, 당신이 여기 있어서 얼마나 좋은지!" 그녀가 (포르투갈어로) 답했다.

벽에
걸린
사진

　자신을 신비화하는 일에 더 이상 재미를 못 느끼게 된
칼리방뿐만 아니라 내 인물들 모두에게 이날 저녁은 슬
픔의 장막이 드리워 있다. 병든 어머니에 대한 걱정을 알
랭에게 털어놓은 샤를도 그렇고, 자신은 경험해 본 적 없
는 그런 효심에 가슴이 뭉클해졌으며 알지 못하기에 더
욱 아련하게 그리운 어떤 세상, 그 세상에 속하는 한 나
이 든 시골 여인의 이미지에 마음이 흔들린 알랭도 그렇
다. 그는 이야기를 계속 하고 싶었지만 안타깝게도 샤를
은 이제 시간이 없어서 전화를 끊어야 했다. 그래서 알랭
은 휴대폰을 집어 마들렌에게 전화를 걸었다. 하지만 전
화가 계속 울려도 받지 않았다. 그런 순간이면 잘 그러듯
이 그는 벽에 걸린 사진으로 눈길을 돌렸다. 그의 원룸
아파트에는 아무 사진도 없었다. 그 사진만 빼고는. 한
젊은 여인의 얼굴. 그의 어머니.
　알랭이 태어나고 몇 달 후 그녀는 남편을 떠났고, 그
남편은 입이 무거운 사람이라 그녀에 대해 나쁜 말을 한

마디도 하지 않았다. 그는 섬세하고 온화한 사람이었다. 어떻게 그렇게 섬세하고 온화한 남자를 여자가 버릴 수 있는지 아이는 이해할 수가 없었고, 어떻게 (잉태될 때부터는 아니라도) 어릴 때부터 역시 섬세하고 온화한 존재였던 (자기가 그렇다는 걸 그는 의식하고 있었다.) 아들을 버릴 수 있었는지는 더욱이나 이해할 수 없었다.

"그분은 어디 살아요?" 그래서 그는 아버지에게 물었다.

"아마 아메리카일 거야."

"'아마'라니요?"

"주소를 모르거든."

"아빠한테 주소를 알려 줘야 하는 거 아니에요?"

"그 사람은 나한테 어떤 의무도 없다."

"하지만 저한테는요? 제 소식을 알고 싶지 않은 거예요? 제가 뭘 하는지 궁금하지도 않은 거예요? 제가 그분을 생각하고 있다는 걸 알고 싶지 않은 거예요?"

그러던 어느 날 아버지는 더 이상 자신을 통제하지 못했다. "자꾸 그렇게 졸라 대니 내가 말해 주지. 네 엄마는 네가 태어나는 걸 전혀 원치 않았어. 네가 여기서 왔다 갔다 하는 거, 저 안락의자에 몸을 파묻고 아주 편안해하는 거를 네 엄마는 전혀 원치 않았다고. 널 원하지 않았어. 이제 알겠냐?"

아버지는 공격적인 사람이 아니었다. 하지만 아무리 조심하려 해도, 한 인간이 세상에 나오는 것을 막으려 했던 여자에 대한 그 엄청난 반감을 감출 수가 없었다.

휴가 때 빌린 빌라의 수영장 근처에서 알랭이 어머니와 마지막으로 만났던 이야기는 이미 한 적이 있다. 그때 그는 열 살이었다. 아버지가 죽었을 때 그는 열여섯 살이었다. 장례를 치르고 며칠 후 그는 가족 앨범에서 어머니 사진을 꺼내 액자에 담아 벽에 걸었다. 왜 그의 집에 아버지 사진은 한 장도 없는 것일까? 모르겠다. 말이 안 되는가? 물론이다. 부당한가? 말할 필요도 없다. 그런데 그렇다. 그의 집 벽에는 단 한 장의 사진, 어머니 사진만이 걸려 있다. 이따금 그는 그 사진과 이야기를 나눈다.

어떻게
사과쟁이를
낳게
되는가

"왜 낙태를 안 했어요? 아버지가 못 하게 했나요?"

사진에서 어떤 목소리가 그에게 말했다.

"넌 절대 모를 거다. 네가 나에 대해 지어내는 것들은 전부 동화 같은 이야기일 뿐이야. 하지만 난 네 그 동화 같은 이야기들이 좋다. 나를 가지고 한 청년을 강물에 빠뜨려 죽인 살인자로 만들어 놓았을 때도 말이지. 전부 내 마음에 든다. 계속해라, 알랭. 이야기해! 머릿속에 그려 봐! 자, 말해 보렴."

그래서 알랭은 머릿속에 그려 보았다. 어머니 몸 위에 있는 아버지를 떠올렸다. 성교 전에 그녀는 "피임약 안 먹었어, 조심해!"라고 미리 알린다. 그는 그녀를 안심시킨다. 그래서 그녀는 의심 없이 사랑을 나누는데, 조금 있다 보니 남자의 얼굴에 쾌감이 어리고 점점 절정으로 고조되어 가자 "조심해!"라고, "안 돼! 안 돼! 난 싫어! 싫다고!"라고 외치지만, 남자의 얼굴은 점점 더 빨개지고, 빨갛고 혐오스러워지고, 그녀는 사기를 꽉 끌어안고 있는 그 무거운 몸을 밀쳐 내려 몸부림치나, 그럴수록 그는 더 세게 끌어안으니, 그녀는 불현듯 이건 맹목적 흥분이 아니라 의도적인 것임을, 냉철하게 미리 계산된 의지임을 깨닫는데, 그녀에게 그건 의지 이상의 것, 즉 증오이며, 이미 진 싸움이기에 그 증오는 더더욱 맹렬하다.

알랭이 머릿속에 그들의 성교를 그려 본 것이 처음은 아니다. 그럴 때면 그는 정신이 몽롱해지면서, 인간이 모두 자신이 잉태되는 순간의 복사물이라면 어떨까 가정해 보곤 했다. 그는 거울 앞에 서서 얼굴을 들여다보며 자신을 탄생시킨 두 가지 증오, 남자가 오르가슴에 이른 순간 동시에 일어난 남자의 증오와 여자의 증오, 그 흔적을 찾아내려 했다. 온화하면서 신체적으로 강한 남자의 증오와 대담하면서 신체적으로 약한 여자의 증오가 이룬 짝짓기.

그러니 그런 두 가지 증오의 열매가 사과쟁이일 수밖에 없지 않겠나 하고 그는 생각했다. 그는 아버지가 그랬듯이 온화하고 섬세했다. 그리고 어머니가 생각했던 아버지처럼 언제까지고 침입자일 것이었다. 그러니 준엄한 논리에 따라 침입자이면서 동시에 온화한 사람은 평생 사과를 해야 하는 운명에 놓인다.

벽에 걸린 사진 속 얼굴을 바라보다가 그는 다시 한 번, 흠뻑 젖은 원피스 차림으로 차에 오르고, 눈에 띄지 않게 수위실 앞을 살그머니 지나 계단을 오르고, 맨발로 집에 들어가 무단 침입자가 자기 몸에서 나올 때까지 틀어박혀 있는 그 여인을 머릿속에 그려 보았다. 그리고 몇 달 뒤 그들 둘을 버리고 가는 그 여인을.

몹시 언짢은
기분으로 라몽이
칵테일파티에 도착한다

라몽은 뤽상부르 공원에서 다르델로와 마주쳤다 헤어
지며 연민을 느끼기는 했지만 그가 자신이 싫어하는 부
류에 속한다는 사실은 어떻게 바꿔 볼 수가 없었다. 두
사람이 무언가 공유하는 점이 있으면서도 그랬다. 기어
코 사람들 마음을 사로잡으려는 열정. 재미있는 생각으
로 사람들을 깜짝 놀라게 하고, 사람들이 보는 앞에서 여
자를 정복하려는 열정. 다만 라몽은 나르키소스가 아니
라는 점이 달랐다. 그는 성공을 좋아하면서도 동시에 시
샘을 불러일으킬까 걱정했고, 찬탄의 대상이 되는 것을
즐겼지만 추종자들을 피했다. 사사로운 생활에서 몇 차
례 상처를 입은 뒤, 특히 퇴직자들의 음울한 무리에 합류
해야 했던 해부터 이런 조심성은 고독을 즐기는 취향으
로 변했다. 그의 반순응적인 발언들이 예전에는 그를 더
젊어 보이게 했지만 이제는 실제 나이보다 젊어 보이는
데도 오히려 시대에 뒤떨어진 옛날 사람, 그러니까 늙은
이가 되게 했다.

그래서 그는 (아직 퇴직하지 않은) 옛 동료가 초대한 칵테일파티에 안 가기로 작정했다가, 점점 더 지겨워지는 웨이터 노릇을 견디려면 그가 꼭 있어야 한다고 샤를과 칼리방이 우기는 바람에 마지막 순간에 마음을 바꿨다. 하지만 아주 늦게, 손님 중 하나가 주인에 대한 치사를 다 마치고도 한참 후에야 도착했다. 집 안은 사람들로 가득했다. 아는 사람은 아무도 없었으므로 라몽은 두 친구가 음료를 제공하고 있는 긴 탁자 쪽으로 갔다. 그는 안 좋은 기분을 털어 내려고 파키스탄 말을 흉내 내서 그들에게 몇 마디 건넸다. 칼리방은 똑같은 엉터리 파키스탄 말의 진짜 버전으로 답했다.

그러고 나서 그는 여전히 기분이 안 좋은 채로 포도주 한 잔을 들고 모르는 사람들 사이를 돌아다니다가 사람들이 현관문 쪽을 돌아보고 웅성대는 것에 시선이 끌렸다. 선이 길고 아름다운 오십 대 여인이 모습을 드러냈다. 그녀는 머리를 뒤로 젖히고서 여러 차례 손으로 머리카락을 부풀렸다가 우아하게 내려뜨렸고, 관능이 깃든 비극적 표정을 사람들 하나하나에게 보여 주었다. 손님 중 누구도 그녀를 만나 본 적은 없었지만 사진으로 모두가 알았다. 프랑크 부인이었다. 그녀는 긴 탁자 앞에 멈춰 서서 몸을 숙여 살펴보고는 심각하게 주의를 집중해서 마음에 드는 여러 가지 카나페들을 골라 칼리방에게 가리켰다.

그녀의 접시가 금세 가득 치는 것을 보면서 라몽은 뭐

상부르 공원에서 다르델로가 해 준 이야기를 생각했다. 그녀는 얼마 전 배우자를 잃었는데, 그를 너무도 열렬히 사랑한 나머지 그가 숨을 거두는 순간에 그녀의 슬픔은 하늘의 마법과도 같은 명에 따라 지극한 행복감으로 변화를 이루었고 삶의 욕망이 수백 배가 되었다고 했다. 계속 지켜보니 그녀는 카나페를 입에 집어넣었고, 그러자 힘찬 저작 운동으로 얼굴이 분주히 움직였다.

다르델로의 딸이 (라몽도 본 적이 있었다.) 선이 긴 그 유명한 여자를 알아보자 입은 움직임을 멈추었고 (그녀 역시 무언가를 씹고 있었다.) 두 다리는 달리기 시작했다. "허니!" 그녀는 그 유명한 여인의 볼에 입맞춤을 하려 했지만 그 여자가 배 앞에 들고 있는 접시에 가로막혔다.

그녀가 다시 "허니."라고 부르는데 프랑크 부인은 입 안에서 커다란 빵과 살라미 덩어리를 한창 작업 중이었다. 한꺼번에 다 삼킬 수가 없어서 그녀는 혀를 이용해 어금니와 뺨 사이 공간으로 음식을 밀어 넣었다. 그러고서 어떻게 된 건지 아무것도 모르는 그 아가씨에게 가까스로 몇 마디를 건넸다.

라몽은 그들을 더 가까이 관찰하기 위해 앞으로 두 걸음 나아갔다. 다르델로의 딸은 자기 입에 있던 걸 삼키고는 낭랑한 목소리로 말했다. "다 알아요. 내가 다 알아요! 하지만 우리는 절대 당신을 혼자 두지 않을 거예요. 절대!"

프랑크 부인은 허공에 시선을 둔 채 (라몽은 그녀가 지금 자기에게 말한 사람이 누군지 모른다는 것을 알아챘다.) 아까 밀어 둔 빵 덩어리 한 부분을 입 중앙으로 보내 씹은 다음 그중 반을 삼키고서 말했다. "인간은 고독 그 자체일 뿐이지요."

"오, 맞아요, 맞아요!" 다르델로 딸이 말했다.

"여러 가지 고독들로 둘러싸인 고독." 프랑크 부인은 이렇게 덧붙이고 나서 나머지를 꿀꺽 삼키고는 몸을 돌려 다른 곳으로 갔다.

저도 모르게 라몽의 얼굴에 재미있다는 듯한 미소가 엷게 어렸다.

알랭은
수납장 위에
아르마냐크 브랜디 병을
올려 놓는다

라몽의 얼굴이 엷은 미소로 뜻밖에 환해진 것과 거의 같은 순간, 알랭은 전화벨이 울려 사과쟁이의 기원에 대한 생각을 멈추었다. 곧바로 그는 마들렌 전화라는 것을 알았다. 그렇게 공통 관심사가 거의 없는데도 그들이 어떻게 언제나 그렇게 한참, 또 즐겁게 이야기를 나누는지 이해하기는 어렵다. 역사 속 서로 다른 지점에 세워진 전망대에서 사람들은 서로 알아듣지 못하는 말을 한다고 라몽이 자기 이론을 피력했을 때, 알랭은 즉각 자기 여자 친구를 떠올렸는데, 정말 사랑하는 연인들이라 해도 서로 태어난 날이 너무 멀리 떨어져 있으면 그들의 대화란 서로의 독백이 대부분 이해되지 못한 채 그저 뒤얽힌 것일 뿐임을 여자 친구 덕분에 알고 있었기 때문이다. 바로 그래서 그는 예를 들면 마들렌이 유명한 옛날 인물들의 이름을 한 번도 들어 본 적이 없어서 틀리게 발음하는지 아니면 자기가 태어나기 전에 일어난 일에는 조금도 흥미가 없다는 것을 모든 사람이 알게 하려고 일부러 패러니 하는 것인지 전혀 알지 못했다. 알랭은·그것이 거북하지는 않았다. 그런 그녀와 같이 있으면 재미있었고, 그러고 나서 집에 돌아와 혼자가 되면 벽에 걸린 보스, 고갱, (또 누구인지 모를 이)의 복사판 그림들이 만들어 주는 그 자신만의 세계에서 더 편안함을 느낄 수 있었다.

그는 늘 육십 년쯤 일찍 태어났다면 예술가가 되었을 거라는 막연한 생각을 가지고 있었다. 정말 막연한 생각이었던 것이, 오늘날 예술가라는 말이 무엇을 뜻하게 됐는지도 그는 몰랐다. 진열창 만드는 사람으로 변한 화가? 시인? 그것이 아직 존재할까, 시인이? 지난 몇 주간 그를 즐겁게 해 준 것은 샤를이 요새 미쳐 있는 일, 그의 인형극, 아무 의미도 없는 그 얼토당토않은 짓, 그런데 바로 그래서 그의 마음을 사로잡는 그 일에 참여하는 것이었다.

자기가 좋아하는 일을 하면서 (그런데 자신이 무슨 일을 좋아하는지 알기는 하는 걸까?) 밥벌이를 할 수는 없으리라는 것을 잘 알았기 때문에 그는 학업을 마친 후, 자신의 독창성이나 생각, 재능이 아니라 다만 지능, 즉 산술적으로 측량 가능한 능력, 각 개인들에게서 오로지 양적으로만 구분되는, 어떤 이는 더 있고 어떤 이는 덜 있는, 알랭은 더 가지고 있는 편인 그 능력을 발휘해야 하는 직업을 선택했고, 그리하여 월급을 많이 받았으며 때때로 아르마냐크 브랜디를 살 수 있었다. 며칠 전에 그는 한 아르마냐크 브랜디 라벨에서 세소닌노가 자신이 태어난 해

와 같은 것을 보고는 한 병을 샀다. 그때 그는 자기 생일에 그 술병을 따서 친구들과 함께 자신의 영예를, 시에 바치는 겸허한 숭배로 인해 절대 단 한 구절도 쓰지 않겠노라 맹세했던 저 위대한 시인의 영예를 기려야겠다고 작정했다.

마들렌과 한참 떠들고 난 후 기분이 좋아지고 거의 명랑해져서 그는 아르마냐크 병을 들고 의자에 올라가 높은 (아주 높은) 수납장 위에 올려놓았다. 그러고 나서 벽에 기대 바닥에 앉아 그 술병을 뚫어져라 쳐다보고 있자니 술병은 서서히 여왕으로 변해 갔다.

마침맞은
카클리크의
호출

알랭이 수납장 꼭대기의 술병을 바라보고 있는 동안 라몽은 오기 싫었던 곳에 와 있는 자신을 끊임없이 책망했다. 사람들이 다 싫었지만 특히 다르델로와 마주치지 않으려 했다. 그 순간, 몇 미터 앞에서 다르델로가 근사한 말로 프랑크 부인의 마음을 사로잡으려 애쓰고 있는 것이 보였다. 멀찍이 떨어지려고 라몽은 다시 한 번 긴 탁자 근처로 피신했는데 거기에서는 칼리방이 손님 세 사람의 술잔에 보르도를 따라 주는 중이었다. 그는 손짓, 몸짓에다 눈코를 찡긋거려 그것이 아주 귀한 포도주라는 것을 그들에게 알리고 있었다. 포도주 감상법을 잘 아는 그 신사들은 잔을 들어 두 손으로 감싸 한참 덥힌 후 포도주를 한 모금 입에 머금고는, 처음에는 엄청 집중한 표정, 그다음엔 깜짝 놀라며 감탄하는 표정을 서로에게 보여 주더니 정말 기가 막힌다고 소리 높여 찬탄하는 것으로 마무리를 했다. 이 모두가 겨우 일 분간의 일로, 사람들이 말을 나누기 시작하면서 그 미각의 향연은 느닷

없이 뚝 그치고 말았는데, 그들을 지켜보던 라몽은 마치 무덤 파는 인부 셋이, 최상의 포도주 향취가 누인 관 위에 잡담이라는 흙과 먼지를 쏟아붓고 땅에 묻어 장사 지내는 것을 보는 것만 같았다. 다시 한 번 재미있다는 듯한 미소가 그의 얼굴에 어리는데 그 순간 아주 작은, 겨우 들릴 듯 말 듯한, 말이라기보다 오히려 휘파람에 가까운 소리가 등 뒤에서 들려왔다. "라몽! 여기서 뭐 해?"

그가 뒤를 돌아보았다. "카클리크! 아니, 너는 여기서 뭐 하는 거야?"

"난 새로 여자 친구를 하나 찾고 있지." 그가 이렇게 답했고, 기막히게 특징 없는 그의 작은 얼굴이 환하게 빛났다.

"이 친구야, 너는 언제나 내가 아는 그대로다."

"있잖아, 지루한 거 말이야, 그거보다 나쁜 건 없거든. 바로 그래서 내가 여자를 자꾸 바꾸는 거야. 그렇게 안 하면 좋은 기분일 수가 없어."

"아, 좋은 기분!" 라몽은 이 두 단어로 무슨 계시라도 받은 양 탄성을 내질렀다. "그래, 네가 방금 그랬어! 좋은 기분이라고! 다른 무엇도 아니고 바로 그거야! 아, 너를 보니 얼마나 기쁜지! 며칠 전에도 친구들한테 네 이야기를 했는데, 오, 나의 카키, 나의 카클리, 너한테 할 말이 정말 많은데……"

그러는 순간, 몇 걸음 떨어진 곳에 그가 아는 한 젊은 여자의 예쁜 얼굴이 눈에 띄었고, 그러자 그는 감탄을 금치 못했는데, 마치 우연한 이 두 만남이 마법처럼 동시 간대로 묶여 그에게 에너지를 채워 주는 것만 같았으니, '좋은 기분'이라는 말이 그의 머릿속에 어떤 부름처럼 메아리가 되어 울렸다. 그는 카클리크에게 말했다. "미안, 이따 이야기하자, 지금은…… 저기, 알잖아……."

카클리크는 미소를 지었다. "그럼, 알고말고! 어서 가 봐!"

"쥘리, 다시 봐서 정말 반가워요." 라몽이 그 젊은 여자에게 말했다. "못 본 지 천년은 됐네요."

"당신 잘못이죠." 젊은 여자는 무례하다 싶을 만큼 그를 똑바로 쳐다보며 대답했다.

"무슨 얼토당토않은 이유가 나를 이 음산한 파티에 데려다 놨는지 지금 이 순간까지 알 수가 없었어요. 이제야 알겠네요."

"그리고 갑자기 그 음산한 파티는 이제 음산하지 않게 됐고요." 쥘리가 웃었다.

"당신이 비-음산화한 거죠." 라몽도 웃으며 말했다. "그런데 여기 어떻게 온 거예요?"

그녀는 저명한 노교수(아주 늙은) 주위에 모인 사람들을 가리켰다. "저분은 늘 할 말이 많아요." 그러고는 뭔가를 약속하는 듯한 미소를 띠며 말했다. "오늘 저녁에 꼭 다시 뵙고 싶은데……."

기분이 날아갈 듯 좋아진 라몽의 눈에 긴 탁자 앞 샤를의 모습이 스쳤는데 넋하니 서 위 허공을 응시한 채 이싱

하게 넋이 나간 것 같아 보였다. 왜 저러고 있나 하고 이상하게 생각하다가 잠시 뒤 그는, 저 위의 일에 신경 쓰지 않는다는 건 얼마나 좋은가, 여기 이 아래 있다는 건 얼마나 좋은가 하고 속으로 말했다. 그러고는 쥘리가 자리를 뜨는 모습을 바라보았다. 그녀 엉덩이의 움직임이 인사를 건네며 그를 초대하고 있었다.

5부   천장 아래 깃털
하나가 맴돈다

천장
아래
깃털 하나가
맴돈다

"……샤를…… 멍하니 저 위 허공을 응시한 채 이상하게 넋이 나간……." 앞 장 마지막 문단에서 내가 쓴 말이다. 그런데 샤를은 저 위 무엇을 쳐다보고 있었던 것일까?

천장 아래 살랑살랑 나부끼는 조그만 물체. 천천히 올라갔다 내려갔다 떠다니는 아주아주 작은 하얀색 깃털 하나. 샤를이 접시와 술병과 술잔으로 가득한 긴 탁자 앞에서 고개를 살짝 젖힌 채 미동도 없이 서 있자 다른 손님들도 하나둘씩 그가 왜 그러고 있는지 이상하게 여기며 그가 쳐다보는 곳을 따라 보기 시작했다.

작은 깃털의 방랑을 바라보면서 샤를은 불안에 사로잡혔다. 그는 최근 몇 주 내내 머리에 떠올랐던 천사가 이런 식으로 자신이 이미 여기 어딘가에 아주 가까이 와 있다고 알려 주는 거라는 생각이 들었다. 어쩌면 하늘에서 내던져지기 전에 천사가 화들짝 놀라면서 불안의 흔적으로, 별들과 나누었던 행복한 삶의 기념물로, 자신의 도착을 알리고 이제 곧 종말이 다가옴을 예고하는 명함으로, 겨우 보일락말락한 그 조그만 깃털을 날개에서 떨어뜨렸는지도 몰랐다.

그러나 샤를은 아직 종말에 대면할 준비가 되어 있지 않았다. 그는 종말을 최대한 미루고만 싶었다. 병 든 어머니의 모습이 눈앞에 떠올라 가슴이 조여 왔다.

그렇지만 작은 깃털은 다시 떠올랐다가는 또 가라앉으며 거기 있었고, 프랑크 부인도 거실 맞은편에서 천장을 바라보고 있었다. 그녀는 깃털이 내려앉을 수 있도록 팔을 들어 검지를 내밀었다. 하지만 깃털은 프랑크 부인의 손가락을 피해 계속 허공을 맴돌고…….

몽상의
끝

깃털은 위로 향한 프랑크 부인의 손 위에서 계속 떠돌고 있었고, 나는 긴 탁자에 다시 둘러앉은 스무 명 정도의 남자들이 공중에 떠다니는 깃털도 없는데 위를 올려다보고 있는 것을 머릿속에 그려 본다. 그들은 자신들을 두렵게 하는 것이 (적처럼 죽일 수 있게) 자기 앞에 있는 것도, (비밀경찰이 간파할지도 모르는 함정처럼) 저 아래 있는 것도 아니고, 보이지 않는, 형체가 없는, 설명할 길 없는, 잡을 수 없는, 처벌할 수 없는, 심술궂게 불가사의한 어떤 위협으로 저 위 어딘가에 있기에 더더욱 혼란스럽고 신경이 곤두서 있다. 몇 사람은 어디로 갈지도 모르고 의자에서 일어선다.

커다란 탁자 맨 끝, 사람들에게 호통을 치는 냉정한 스탈린의 모습이 보인다. "진정하시오, 이 겁쟁이들! 뭐가 두려운 거요?" 그러고는 더 큰 목소리로 소리친다. "앉으시오, 회의는 끝나지 않았소!"

창문 옆에서 톨로토프가 속삭인다. "이오시프, 뭔기

일어나려고 해요. 사람들이 당신 동상들을 철거할 거랍니다." 그다음 그는 스탈린의 비웃는 시선 아래, 그의 침묵의 무게에 짓눌려, 고개를 숙이고 탁자 앞 자기 자리에 돌아가 앉는다.

모두가 자기 자리로 돌아가자 스탈린이 말한다. "이걸 몽상의 끝이라고 하지. 모든 꿈은 언젠가는 끝납니다. 피할 수 없는 것과 마찬가지로 예측할 수도 없어요. 이 무지몽매한 자들, 그걸 모른단 말이오?"

모두 아무 말이 없는데 오로지 칼리닌만이 자제를 못하고 큰 소리로 부르짖는다. "무슨 일이 일어나든 칼리닌그라드는 언제까지고 그대로 칼리닌그라드로 있을 것이오!"

"마땅히 그래야지. 칸트의 이름이 자네 이름과 영원히 엮여 있을 거라는 게 나는 아주 기뻐." 점점 더 재미있어하며 스탈린이 대답한다. "왜냐하면 말이야, 칸트는 충분히 그럴 자격이 있거든." 그리고 쾌활한 만큼 또한 고독한 그의 웃음소리가 커다란 방에 오래도록 떠돈다.

농담의
끝에 대한
라몽의
애가

스탈린의 웃음소리가 먼 메아리로 거실에 희미하게 울려온다. 샤를은 긴 음료수 탁자 앞에서, 프랑크 부인이 내민 검지 위의 깃털에 여전히 시선을 박고 있고, 모두 머리를 위로 쳐들고 있는 가운데 라몽은 눈에 띄지 않고 살짝 쥘리와 나갈 수 있는 순간이 온 것이 기뻤다. 그는 좌우를 살펴보았지만 그녀가 보이지 않았다. 그녀의 목소리, 은근한 유혹처럼 들렸던 그녀의 마지막 말이 여전히 귀에 울려 왔다. 인사를 보내며 멀어져 가던 그 근사한 엉덩이도 여전히 눈에 선했다. 아니, 화장실에 간 건가? 화장을 고치러? 그는 작은 복도로 들어가 문 앞에서 기다렸다. 여자들 여럿이 나오며 의심의 눈초리로 그를 쳐다보았지만 그녀는 나타나지 않았다. 너무도 분명한 일이었다. 이미 가 버린 것이었다. 그녀는 그를 따돌려 버렸다. 단번에 그는 이 음산한 모임을 당장, 지체 없이 떠나고 싶은 마음밖에 없어서 현관문 쪽으로 걸음을 옮겼다. 그런데 몇 발짝 앞에 칼리방이 껭반을 들고 나디

났다. "세상에, 라몽, 왜 이렇게 침울해. 얼른 위스키 한 잔 해."

친구에게 어떻게 부루퉁한 얼굴을 하겠는가? 하기는 느닷없이 그렇게 마주치니 반갑지 않을 수 없었다. 주위 모든 멍청이들이 마치 최면에 걸린 듯 죄다 저 위, 터무니없는 한 지점으로 시선을 돌리고 있었으므로 그가 드디어 땅에서, 여기 아래에서, 마치 자유의 섬에 온 것처럼 칼리방과 단둘이 오붓하게 시간을 보낼 수 있을 것이었다. 둘 다 걸음을 멈추고 서자 칼리방은 재미있으려고 파키스탄어로 한 마디 했다.

라몽은 (프랑스어로) 대답했다. "네 기막힌 언어 수행에 찬사를 보낸다. 하지만 나를 즐겁게 하는 게 아니라 다시 서글픔 속에 처박고 있어."

그는 쟁반에서 위스키 잔을 들어 다 마시고 내려놓더니 다시 한 잔을 더 집어 들고 말했다. "샤를하고 너는 사교계 칵테일파티에서 불쌍하게 속물들 시중이나 드는 동안 좀 재미있게 해 보려고 웃기는 파키스탄 말을 만들어 냈어. 뭔가 신비하게 만드는 즐거움이 너희에게 보호막이 돼 주었을 거야. 하긴 그게 우리 모두의 작전이기도 했지. 우리는 이제 이 세상을 뒤엎을 수도 없고, 개조할 수도 없고, 한심하게 굴러가는 걸 막을 도리도 없다는 걸 오래전에 깨달았어. 저항할 수 있는 길은 딱 하나, 세상을 진지하게 대하지 않는 것뿐이지. 하지만 내 눈에는 우리 장난이 힘을 잃었다는 게 보인다. 너는 기를 쓰고 파키스탄어를 해서 흥을 돋우려 하고 있어. 그래 봐야 안 돼. 너는 피곤하고 지겹기만 할 뿐이야."

그가 잠시 말을 멈추었는데 칼리방이 입술에 손가락을 갖다 대는 것이 보였다.

"무슨 일이야?"

칼리방이 한 남자 쪽으로 고갯짓을 해서 보니, 이삼 미터 떨어진 곳에서 키가 작고 대머리인 어떤 남자 혼자 천장을 안 보고 그들을 쳐다보고 있었다.

"그래서 뭐?" 라몽이 물었다.

"프랑스어로 말하지 마! 저 사람이 우리 말을 듣고 있어." 칼리방이 속삭였다.

"아니, 뭐가 겁나는데?"

"제발, 프랑스어로 하지 말라니까! 한 시간 전부터 저 사람이 나를 살피고 있는 것 같아."

라몽은 친구가 정말 불안해하고 있다는 것을 알고는 진짜 같지 않은 파키스탄어 몇 마디를 했다.

칼리방은 아무 반응 없이 가만히 있다가 잠시 후 마음을 조금 놓으며 "이제 다른 데 본다."라고 한 다음 "간다."라고 말했다.

동요된 라몽은 들고 있던 위스키 잔을 비우고 쟁반에 내려놓더니 기계적으로 또 한 잔(벌써 세 번째 잔)을 집었다. 그러고는 심각한 어조로 말했다. "이럴 수가, 나는 그런 가능성은 상상도 안 해 봤다. 하지만 정말 그러네! 어떤 진실의 추종자가 내가 프랑스 사람이라는 걸 알아챈

다면! 그러면 물론 너는 수상쩍게 여겨지겠지! 그 사람은 너한테 틀림없이 신분을 속여야 하는 의심스러운 이유가 있다고 생각할 테고! 그 사람이 경찰에 신고할 거야! 넌 심문을 받겠지! 넌 파키스탄어는 장난이었다고 설명해! 그 사람들은 멍청하게 둘러댄다며 웃을 거야! 분명히 뭔가 나쁜 일을 꾸미는 중이었을 거라고! 그리고 네 손에 수갑을 탁 채우는 거야!"

칼리방의 얼굴에 다시 불안이 드리우는 것을 보고 그는 말했다. "아냐, 아냐, 내 말 신경 쓰지 마! 아무 소리나 주절댄 거야. 너무 부풀렸어." 그러고는 목소리를 낮춰 덧붙였다. "그래도 이해는 간다. 농담은 위험한 게 됐지. 야, 너 잘 알고 있어야 돼! 스탈린이 자기 친구들에게 해 준 자고새 이야기를 기억해! 그리고 화장실에서 고래고래 소리 지른 흐루쇼프도! 위대한 진실의 영웅, 경멸의 말들을 토해 내던 그 사람 말이야. 그 장면은 예언적이었던 거야! 그 장면이야말로 정말로 새로운 시대를 열었지. 농담의 황혼! 장난-후의 시대!"

멀어져 가는 쥘리의 엉덩이가 라몽의 머릿속에 삼 초 간 다시 나타나면서 머리 위로 다시 한 번 서글픈 구름 한 조각이 스쳐갔다. 그는 빠르게 잔을 비우고 내려놓은 다음 또 한 잔(네 번째 잔)을 들고 부르짖었다. "친구야, 딱 한 가지가 나한테 없다, 좋은 기분!"

칼리방은 또다시 주변을 둘러보았다. 그 작은 대머리 남자는 이제 없었다. 마음이 놓였다. 그는 미소를 지었다.

그리고 라몽은 말을 계속했다. "아, 좋은 기분! 너 헤겔 읽어 본 적 없냐? 물론 없겠지. 넌 헤겔이 누군지도 모르지. 하지만 우리를 만들어 낸 주인께서는 나한테 옛날에 그걸 공부하게 했단다. 우스운 것에 대한 성찰에서 헤겔은 진정한 유머란 무한히 좋은 기분 없이는 생각할 수 없다고 말해. 잘 들어, 그가 한 말 그대로 하는 거야, '무한히 좋은 기분', unendliche Wohlgemutheit 말이지. 조롱, 풍자, 빈정거림이 아니야. 오로지 무한히 좋은 기분이라는 저 높은 곳에서만 너는 사람들의 영원한 어리석음을 내려다보고 웃을 수 있는 거라고."

그리고 나서 그는 잠시 가만히 있다가 잔을 들고 천천히 말했다. "그런데 그걸 어떻게 찾지, 좋은 기분을?" 그는 잔을 비우고 쟁반에 내려놓았다. 칼리방은 그에게 작별의 미소를 보내고 뒤로 돌아 자리를 떴다. 라몽은 멀어지는 친구를 향해 팔을 뻗으며 외쳤다. "그걸 어떻게 찾느냐고, 좋은 기분을?"

프랑크
부인이
떠나다

대답 대신 라몽에게 들려온 것은 외침 소리, 웃음소리, 박수 소리 들이었다. 그가 거실 다른 쪽으로 고개를 돌리니 프랑크 부인이 마치 웅장한 교향곡의 마지막 소절을 지휘하는 오케스트라 지휘자처럼 최대한 높이 손을 뻗고 앞으로 내민 검지 위에 마침내 깃털이 내려앉은 것이었다.

흥분해서 난리였던 청중이 잠잠해지자 프랑크 부인은 그대로 손을 뻗은 채 (케이크 조각을 입에 물고서도) 낭랑한 목소리로 낭송하듯 말했다. "하늘이 나에게 신호를 보내는구나, 아름다운 나의 삶이 전보다 더 아름다우리라고. 삶은 죽음보다 강한 것, 삶은 바로 죽음을 먹고 사는 법이니!"

말을 마치고 조용히 청중을 바라보다가 그녀는 입에 남은 케이크 조각을 삼켰다.

주위 사람들이 박수를 보냈고 다르델로가 일동을 대표하여 장엄하게 프랑크 부인을 포옹하려는 듯 다가갔다. 하지만 그녀는 그를 보지 못했고, 엄지와 검지로 깃털을 잡고서 여전히 천장으로 손을 뻗은 채 천천히, 춤추는 듯한 걸음으로, 가볍게 폴짝거리며 출구 쪽으로 나갔다.

라몽이
떠나다

감탄하며 그 장면을 바라보던 라몽은 자신의 몸 안에서 다시 웃음이 소생하는 것을 느꼈다. 웃음? 헤겔이 말한 좋은 기분이 마침내 저 위에서 그를 알아보고 자기 집에 맞아들이겠다고 결정한 것인가? 이는 그 웃음을 꽉 잡으라는, 가능한 한 오래 간직하라는 명이 아니었겠는가?

그는 슬쩍 다르델로를 쳐다봤다. 저녁나절 내내 그는 그를 잘 피해 왔다. 예의상 그에게 작별 인사를 해야 할까? 아니! 이 좋은 기분의 유례없는 중요한 순간을 망치지 않으리라! 최대한 빨리 나가야 했다.

완전히 취해서 한껏 들뜬 채로 그는 계단을 내려가 거리로 나서서 택시를 찾았다. 간간이 웃음이 터져 나왔다.

하와의
나무

라몽은 택시를 잡고 있었고 알랭은 자기 집에서 벽에
몸을 기댄 채 고개를 푹 숙이고 바닥에 앉아 있었다. 잠
이 들었는지도 몰랐다. 어떤 여자 목소리가 그를 깨웠다.

"네가 해 준 이야기, 네가 지어낸 이야기가 나는 다 좋
고 더 덧붙일 게 없구나. 다만 배꼽에 대해서만은 어쩌
면……. 배꼽이 없는 여자의 전형이 너에게는 천사지. 나
한테는 하와, 최초의 여자란다. 하와는 배에서 태어난 게
아니라 한순간의 기분, 창조자의 기분에서 태어났어. 최
초의 탯줄은 바로 그녀의 음부, 배꼽 없는 여자의 음부에
서 나온 거야. 성경에 나온 말대로라면 거기서 다른 줄들
도 나왔어, 줄 끄트머리마다 작은 남자나 여자를 매달고
서. 남자들의 몸은 연속성을 지니지 못한 채 전혀 소용이
없었는데, 여자들의 성기에서는 저마다 끄트머리에 다
른 여자나 남자가 달린 다른 줄이 나왔고, 이 모든 게 수
백 번 수천 번 반복돼서 거대한 나무, 무한히 많은 몸들
로 이루어진 나무, 가지가 하늘에 닿는 나무로 변했단다.

그런데 이 어마어마하게 거대한 나무가 자그마한 여자 하나, 최초의 여자, 배꼽 없는 저 가여운 하와의 음부 속에 뿌리를 두고 있다는 생각을 해 보렴."

"임신했을 때 나는, 내가 이 나무의 일부로 어떤 줄에 매달려 있는 거라고 생각했고, 아직 태어나지 않은 너는 내 몸에서 나온 줄에 매달려 허공을 떠다니는 거라 상상했어, 그리고 그 순간부터 나는 저 아래에서 배꼽 없는 여자를 목 졸라 죽이는 살인자 꿈을 꿨지, 그녀의 몸이 괴로워하다 죽고 부패해 가는 걸 상상했어, 그래서 그녀에게서 뻗어 나온 그 거대한 나무 전체가 단번에 뿌리 뽑히고 토대가 사라져 쓰러지기 시작하는 거야, 한없이 많은 가지들이 어마어마한 빗줄기처럼 떨어져 내리는 게 보였어, 하지만 내 말 뜻을 잘 이해해 다오, 내가 꿈꿨던 건 인류 역사의 종말이 아니야, 미래를 없애 버리는 게 아니라고, 아니, 아니, 내가 원했던 건 인간이 완전히 사라지는 것, 그들의 미래와 과거와 더불어, 그들의 시작과 끝과 더불어, 그들이 존재해 온 시간 전체와 더불어, 그들의 모든 기억과 더불어, 네로와 나폴레옹과 더불어, 부처와 예수와 더불어, 다 사라지는 거였단다, 나는 최초의 여자의 배꼽 없는 작은 배에 뿌리 내린 그 나무의 전적인 소멸을 원한 거야, 자기가 뭘 하고 있는 건지, 그 참담한 성교가 우리에게 어떤 끔찍한 대가를 치르게 할지 몰랐던 그 어리석은 여자, 쾌락을 가져다주지도 못했을 게 틀림없는 그 성교가……."

어머니의 목소리가 그쳤고, 라몽이 택시를 잡았고, 알
랭은 벽에 기대어 다시 잠들었다.

6부   천사들의 추락

마리아나에게
작별
인사

마지막 손님들까지 다 떠나자 샤를과 칼리방은 흰색 상의를 도로 트렁크에 집어넣고 보통 사람들로 돌아왔다. 포르투갈 여자는 울적해하면서 접시, 식탁 용구, 술병 들을 모아 다음 날 고용인들이 가져갈 수 있도록 부엌 한쪽에 갖다놓는 일을 도왔다. 두 친구는 이제 너무 지쳐 한심한 헛소리를 더 할 수가 없었는데, 도움이 되겠다는 더할 나위 없이 좋은 의도로 그녀가 내내 곁에 붙어 있는 바람에 단 일 초도 쉴 수 없었고, 정상적인 생각을 프랑스어로 이야기할 틈도 없었다.

포르투갈 여자에게 흰색 상의를 입지 않은 칼리방은 땅에 내려온 신, 보통 사람이 되어 이제 한낱 하녀라도 쉽게 말을 나눌 수 있는 사람으로 보였다.

"정말 내 말 하나도 못 알아들어요?" 그녀가 (프랑스어로) 그에게 물었다.

칼리방은 그녀의 눈을 뚫어지게 바라보면서 아주 천천히 가 음절을 세심하게 또박또박 끊어 가며 (파키스탄어로) 대답했다.

그녀는 마치 천천히 말하면 이 언어를 좀 알아들을 수 있게라도 되는 양 아주 주의 깊게 그의 말을 들었다. 하지만 실패를 고백해야 했다. "천천히 말해도 난 하나도 못 알아듣겠어요." 낙심하며 그녀가 말했다. 그러고는 샤를에게 "저분께 그 나라 말로 이야기 좀 해 줄 수 있어요?"하고 물었다.

"아주 간단한, 요리에 관련된 말만요."

"그렇군요." 그녀가 한숨을 푹 내쉬었다.

"저 사람이 마음에 들어요?" 샤를이 물었다.

"네." 얼굴이 완전히 빨개지며 그녀가 말했다.

"내가 어떻게 해 줄까요? 저 친구한테 당신이 마음에 들어 한다고 말할까요?"

그녀는 세차게 머리를 흔들며 "아뇨."라고 했다. "저분한테…… 어, 저분한테……." 하며 곰곰 생각하더니 "여기서, 프랑스에서, 참 쓸쓸하시겠다고 말해 주세요. 참 쓸쓸하시겠다고. 내가 하고 싶은 말은, 저분이 뭐 필요한 게 있으면, 뭐 도와드릴 게 있으면, 아니면 뭐 먹을 거라도…… 그러면 내가 해 드릴 수 있다고……." 하고 말했다.

"이름이 뭐예요?"

"마리아나요."

"마리아나, 당신은 천사예요. 내가 가는 길에 불쑥 나타난 천사."

"난 천사가 아니에요."

불현듯 불안감이 든 샤를은 동의했다. "나도 아니길 바라요. 나한테 천사가 보이는 건 뭐가 끝나는 무렵일 때뿐이거든요. 그런데 나는 그 끝을 최대한 멀리 밀어 두고 싶어요."

그는 어머니 생각에 빠져 마리아나가 부탁한 것을 까맣게 잊었다. 그녀가 애원하는 목소리로 "선생님, 저분한 테 말 좀 해 달라고 아까 제가……."라고 말해서야 그 생각이 떠올랐다.

"아, 그렇죠." 하고서 샤를은 칼리방에게 말도 안 되는 소리 몇 마디를 건넸다.

칼리방은 포르투갈 여자에게 다가갔다. 그는 그녀 입에 키스를 했지만 이 아가씨가 입술을 아주 꼭 다물고 있는 바람에 철두철미 순결한 입맞춤이 되고 말았다. 그러고서 그녀는 황급히 달아나 버렸다.

수줍어하는 그런 모습은 그들을 아련한 옛 생각에 잠기게 했다. 그들은 아무 말 없이 계단을 내려가 차에 올랐다.

"칼리방! 정신 차려! 그 여자는 너한테 해당 안 돼!"

"알아, 하지만 아쉬워하지도 못하냐. 그녀가 너무나 착해서 나도 뭔가 잘해 주고 싶어."

"하지만 너는 그녀에게 아무것도 잘해 줄 수가 없어. 그냥 네가 있는 것만으로도 그녀에게 해나 끼칠 뿐이라고." 이렇게 말하고서 샤를은 자동차를 출발시켰다.

"알아. 그래도 어쩔 수가 없잖아. 그녀 때문에 옛 생각이 나고 그럽다. 순결성이 그리워."

"뭐가? 순결성이?"

"그래. 어처구니없이 바람둥이로 이름이 났지만 나는 순결성을 그리며 늘 목말라한다고!" 그러고는 덧붙였다. "알랭네로 가자!"

"벌써 잠들었어."

"깨우지 뭐. 한잔하고 싶다. 너하고 그 친구하고. 순결의 영광을 위해 건배하고 싶다고."

저
높은 곳의
도도한
아르마냐크 병

길에서 공격적이고 긴 경적 소리가 올라왔다. 알랭은 창문을 열었다. 밑에서 칼리방이 자동차 문을 열고 소리쳤다. "우리야! 가도 돼?"

"응! 올라와!"

칼리방은 계단에서부터 벌써 소리쳐 댔다. "집에 술 있냐?"

"너답지 않게 웬 일이야. 술 잘 안 하잖아!" 아파트 문을 열면서 알랭이 말했다.

"오늘은 예외다! 순결을 위해 건배하고 싶어!" 샤를을 뒤로 하고 아파트에 들어서며 칼리방이 말했다.

아주 잠깐 망설였지만 알랭은 다시 인심이 후해졌다. "정말 순결을 위해 건배하고 싶다면 말이야, 꿈만 같은 기회가 될 걸⋯⋯." 하며 꼭대기에 술병이 놓인 수납장을 가리켰다.

"알랭, 나 전화 좀 해야 해." 샤를은 이렇게 말하고 듣는 사람 없는 데서 통화를 하려고 현관으로 나가 문을 닫

왔다.

칼리방은 수납장 위의 술병을 바라보았다. "아르마냐크!"

"여왕처럼 군림하고 있으라고 저기에다 놨지." 알랭이 말했다.

"몇 년도 산이야?" 칼리방이 라벨을 읽어 보더니 감탄하며 말했다. "아니! 말도 안 돼!"

"병을 따." 알랭이 명했다. 칼리방은 의자를 놓고 위에 올라갔다. 그러나 의자 위에 올라섰는데도 병 바닥에만 겨우 손이 닿을 뿐, 저 높이 군림한 도도한 술병은 접근을 허락하지 않았다.

쇼펜하우어가
생각한
세상

전과 같은 동지들과 함께, 전과 같은 커다란 탁자 맨 끝에 앉아서 스탈린은 칼리닌 쪽을 돌아보며 말한다. "이봐, 날 믿어, 나도 분명히 그 유명한 이마누엘 칸트의 도시가 영원히 칼리닌그라드로 남을 거라고 생각해. 칸트가 태어난 도시의 대부로서 그의 제일 중요한 개념을 우리한테 설명해 줄 수 있겠나?"

칼리닌은 전혀 아는 바가 없다. 그래서 스탈린은 그들의 무지에 진저리를 내며 오랜 습관대로 자기가 스스로 답한다.

"칸트의 가장 중요한 개념은, 동지들, '물자체(物自體)', 독일어로 딩 안 지히(Ding an sich)라고 하는 것이오. 칸트는 우리의 표상들 뒤에 객체적 사물, 딩(Ding)이 있는데, 우리가 그것을 알 수는 없어도 실재한다고 생각했지. 하지만 이 생각은 틀렸어. 우리의 표상들 뒤에 실재하는 건 아무것도 없어, '물자체' 같은 건, 딩 안 지히 같은 선 없나고."

모두 어찌할 바를 모른 채 듣고 있고 스탈린은 계속 말한다. "쇼펜하우어가 더 진실에 가까웠어요. 동지들, 쇼펜하우어의 위대한 사상은 뭐였지?"

모두 시험관의 비웃는 시선을 피하고, 그는 유명한 자기 습관대로 결국 스스로 답을 한다.

"쇼펜하우어의 위대한 사상은 말이오, 동지들, 세계는 표상과 의지일 뿐이라는 거요. 이 말은 즉, 우리가 보는 세계 뒤에는 어떠한 실재도 없다, 딩 안 지히 같은 것은 전혀 없다, 이 표상을 존재하게 하려면, 그것이 실재가 되게 하려면 의지가 있어야 한다, 그런 말입니다. 그것을 부과하는 막대한 의지 말이오."

즈다노프가 머뭇머뭇 이의를 제기한다. "이오시프, 표상으로서의 세계라니요! 동지는 평생 우리에게 그런 건 부르주아 계급의 관념적 철학의 거짓말이라고 분명하게 말하라고 했는데요!"

스탈린이 말한다. "즈다노프 동지, 의지의 첫 번째 속성이 뭐지요?"

즈다노프는 입을 다물고 스탈린은 답한다. "자유. 의지는 자기가 원하는 것을 주장할 수 있어요. 넘어갑시다. 진짜 문제는 이거예요. 지구에 있는 사람만큼 세계의 표상이 있다는 것. 그건 필연적으로 혼돈을 만들지요. 이 혼돈에 어떻게 질서를 부여할까요? 답은 분명해요. 모든 사람에게 단 하나의 표상만을 부과하는 것. 그리고 그것은 오로지 의지에 의해서만, 단 하나의 막대한 의지,

모든 의지 위의 의지에 의해서만 부과될 수 있어요. 그걸 내가 했지요, 내 힘이 닿는 데까지 최대한. 그리고 내가 장담하는데, 커다란 의지의 지배 아래 놓이면 사람들은 결국 아무거나 다 믿게 되는 법이거든! 오, 동지들, 아무거나 말이오!" 그러면서 스탈린은 흥에 겨워 껄껄 웃는다.

자고새 사건이 기억나자 그는 자신의 협력자들을, 특히 자그마하고 통통한 흐루쇼프를 심술궂게 쳐다보는데, 그 순간, 뺨이 완전히 빨갛게 달아오른 흐루쇼프는 다시 한 번 대담하게 나가 본다. "하지만 스탈린 동지, 전에는 사람들이 동지 말이라면 뭐든 다 믿었지만 이제는 동지를 전혀 믿지 않는데요."

온 데
울려 퍼지는,
탁자에
주먹 내리치는 소리

"다 파악했네. 그래, 사람들은 이제 나를 안 믿지." 스탈린이 답한다. "왜냐하면 내 의지가 지쳤거든. 가여운 내 의지, 바야흐로 온 세상이 진지하게 생각하기 시작한 그 꿈에 내 의지를 모두 다 쏟아부었는데. 그걸 위해 나는 내 모든 힘을 다 바쳤어, 나 자신까지도 바쳤어. 자, 동지들, 대답해 보시오. 내가 누구를 위해 나 자신을 바친 겁니까?"

어안이 벙벙해진 동지들은 입을 열 생각조차 하지 못한다.

스탈린 자신이 답한다. "나는 말이오, 동지들, 인류를 위해 나를 바친 겁니다."

모두 마음이 놓인 듯, 고개를 끄덕이며 이 거창한 단어들을 인정한다. 카가노비치는 박수를 치기까지 한다.

"하지만 인류가 뭐죠? 전혀 객체적인 것이 아니고 나의 주관적 표상일 뿐, 말하자면 내 주위에서 내 두 눈으로 직접 볼 수 있었던 것이지. 그런데 내가 내 눈으로 노상 봤던 게 뭘까요, 동지들? 당신들, 당신들이라고! 당신들이 그 스물네 마리 자고새 이야기를 놓고 길길이 뛰면서 처박혀 있던 화장실을 떠올려 보시오. 복도에서 당신들 이야기를 아주 재미있게 듣긴 했지만 또 이런 생각도 듭디다. 바로 이런 멍청이들을 위해서 쓸데없이 내 힘을 다 낭비해 버렸단 말인가? 내가 이제껏 이들을 위해서 살았단 말인가? 이런 한심한 인간들을 위해서? 해도 너무하게 변변치 못한 이 멍청이들을 위해서? 이 남자 화장실 소크라테스들을 위해서? 그렇게 당신들 생각을 하다 보니까 내 의지가 약해지는 게 느껴지더라고, 지치고, 지겨워지더란 말입니다, 그러다 보니 그 꿈, 우리의 아름다운 꿈이 내 의지의 지지를 받지 못하게 되고, 그래서 꼭 기둥이 부러진 거대한 건축물처럼 와르르 무너져 버리고 만 겁니다."

그리고 스탈린은 그 붕괴를 예시하기 위해 주먹으로 탁자를 내리치고, 탁자가 흔들린다.

천사들의
추락

스탈린이 주먹을 내리친 소리가 그들의 머릿속에 오래도록 울린다. 브레즈네프가 창문 쪽을 쳐다보고 어쩔 줄을 모른다. 눈에 보이는 것이 믿기지 않는다. 천사가 날개를 펴고 지붕 위에 떠 있다. 그가 의자에서 일어나며 말한다. "천사가, 천사가!"

다른 사람들도 일어난다.

"천사? 안 보이는데!"

"아니, 보인다니까! 저 위에!"

"세상에, 또 하나 더! 또 떨어지는구나!" 베리야가 한숨짓는다.

"이 천치들아, 추락하는 천사들을 이제 더 많이 보게 될 거다." 스탈린이 속삭인다.

"천사다, 이건 어떤 징조야!" 흐루쇼프가 부르짖는다.

"징조? 아니, 무슨 징조?" 완전히 겁에 질려 얼어붙은 브레즈네프가 탄식하며 내뱉는다.

오래된
아르마냐크가
바닥에
흐른다

그렇다면 과연 이 추락은 무엇을 나타내는 징조일까? 말살된 유토피아, 이후로 또 다른 유토피아는 없으리라는 것? 한 시대가 사라져 흔적도 남지 않으리라는 것? 허공에 내던져지는 책들, 그림들? 더 이상 유럽이 아니게 될 유럽? 아무도 웃지 않을 장난들?

알랭은 칼리방이 술병을 손에 꽉 쥔 채 의자에서 바닥으로 굴러 떨어지는 것을 보고 아연실색하고 있었으니 자신에게 이런 질문들을 했던 것은 아니다. 그는 등을 대고 누워서 움직이지 않는 그의 몸을 내려다 보았다. 깨진 술병에서 오래된 (오, 아주아주 오래된) 아르마냐크만이 바닥으로 흐르고 있을 뿐이었다.

어떤 이가
연인에게
작별 인사를
한다

같은 순간 파리의 다른 쪽 끝에서 한 아름다운 여자가 침대에서 깨어났다. 그녀 또한 주먹으로 탁자를 내리치는 소리 같은 짧고 강한 소리를 들었다. 감고 있는 눈 뒤로 아직 꿈의 기억들이 생생했다. 반쯤 잠에서 깬 그녀는 에로틱한 꿈들이었다는 것을 떠올렸고, 넋을 잃거나 잊지 못할 정도는 아니지만 분명 즐거운 꿈이었으므로 구체적인 모습이 벌써 다 지워졌어도 기분이 아주 좋았다.

그다음, "정말 아름다웠어요."라는 말이 들려왔다. 그때서야 그녀는 눈을 떴고, 이제 막 떠나려던 문 옆의 한 남자를 보았다. 그 목소리는 높고 가늘고 약했으며 그 점에서 그 남자 자신과 비슷했다. 그녀가 아는 사람이었을까? 물론. 그녀는 어렴풋이 기억이 떠올랐다. 다르델로네 집에서의 칵테일파티, 그녀에게 반한 그 늙은이 라몽도 있었다. 그에게서 빠져나오기 위해 그녀는 낯선 남자의 에스코트에 자신을 맡겼다. 기억을 떠올려 보니 그 남자는 아주 친절했고 어쩌나 조심스러운지 거의 눈에 띄지도 않을 정도였으며, 그래서 그녀는 헤어진 순간을 떠올릴 수조차 없었다. 그런데 저런, 그들이 헤어지기는 했을까?

"정말 아주 아름다웠어요, 쥘리." 그가 방문에서 다시한 번 말하자 쥘리는 약간 놀라면서 이 남자가 자기와 같은 침대에서 밤을 보낸 것이 틀림없구나 싶었다.

나쁜
징조

카클리크가 다시 한 번 손을 들어 마지막 인사를 하고 거리로 내려가 허름한 자기 차에 탔을 때, 파리 다른 쪽 끝의 한 아파트에서 칼리방은 알랭의 도움을 받아 바닥에서 일어나고 있었다.

"아무렇지도 않아?"

"응, 괜찮아. 다 정상이야. 아르마냐크만 빼고…… 하나도 안 남았네. 미안하다, 알랭!"

"사과쟁이 역할은 내 거다. 네가 망가진 낡은 의자에 올라가게 됐으니 내 잘못이야." 알랭이 말했다. 그러고 나서 걱정스럽게 말했다. "야, 그런데 너, 절뚝거리잖아!"

"살짝 그런데 괜찮아."

그때 샤를이 현관에서 돌아오며 휴대폰을 접었다. 손에는 여전히 깨진 술병을 쥔 채로 이상하게 몸을 구부리고 있는 칼리방을 보고 그가 말했다. "무슨 일이야?"

"내가 술병을 깨뜨렸어." 칼리방이 그에게 알려 주었다. "아르마냐크가 없어졌다. 나쁜 징조야."

"그러네, 아주 나쁜 징조다. 나, 지금 당장 타르브로 떠나야 해. 어머니가 돌아가시려 한대." 샤를이 말했다.

스탈린과
칼리닌이
도망친다

천사가 땅에 떨어진다는 것은 어떤 징조임에 틀림없다. 크렘린 궁 어느 방 안, 창문에 시선을 박은 채 모두 겁에 질려 있다. 스탈린은 미소를 짓고 아무도 보지 않는 틈을 타서 방 한 구석의 눈에 띄지 않는 작은 문으로 간다. 그는 문을 열고 골방에 들어선다. 거기에서 그는 근사한 제복을 벗고 오래되어 낡은 파카를 입은 다음 긴 사냥총을 집는다. 그렇게 자고새 사냥꾼으로 변장하고서 그는 방으로 돌아가 복도로 난 커다란 문으로 향한다. 모두가 창문만 뚫어져라 보고 있으므로 아무도 그를 보지 못한다. 문 손잡이에 손을 올려놓으려는 마지막 순간, 그는 마치 동지들을 마지막으로 한 번 더 짓궂게 쳐다보려는 듯 잠깐 멈춘다. 바로 그때 그의 눈과 흐루쇼프의 눈이 마주치고 흐루쇼프는 외친다. "그다! 저런 복장을 하고 있는 거 다들 보이지요? 모든 사람이 자기를 사냥꾼이라 믿게 할 참이라고요! 우리만 이렇게 궁지에 몰아넣고! 죄인은 저 사람이에요! 우린 전부 희생자라고! 저 사

무의미의 축제

130

람의 희생자!"

스탈린은 벌써 복도 멀리에 있는데, 흐루쇼프는 벽을 치고 탁자를 치고 제대로 닦지 않은 거대한 우크라이나 장화를 신은 발로 바닥을 쿵쿵 내리친다. 그가 다른 이들에게도 분개하라고 부추기자 금세 모두 소리 지르고 울부짖고 발을 구르고 펄쩍펄쩍 뛰고 주먹으로 벽과 탁자를 치고 자기 의자로 바닥을 내려치고 하니 지옥 같은 소리가 온 방에 울린다. 예전, 그들이 쉬는 시간에 화장실에 모여 꽃으로 장식된 색색 도자기 변기 앞에 서 있던 때와 같은 야단법석이다.

예전처럼 모두 여기 있는데 칼리닌만 슬그머니 자리를 떴다. 끔찍한 요의에 쫓겨 크렘린 궁 복도들을 헤매 다녀 보지만 화장실을 찾지 못하고 결국 밖으로 나가 거리를 달린다.

무의미의 축제

오토바이
위에서의
대화

다음 날 오전 11시쯤, 알랭은 뤽상부르 공원 옆 미술관 앞에서 친구 라몽, 칼리방과 만나기로 했다. 아파트를 나서기 전에 그는 사진 속 어머니를 돌아보며 "다녀올게요." 하고 인사를 했다. 그런 다음 길로 나가 집에서 멀지 않게 오토바이를 세워 둔 데로 갔다. 오토바이에 올라타는데 설핏 자기 등에 어떤 몸이 닿아 있는 것 같은 느낌이 스쳤다. 마치 마들렌이 같이 타고서 살짝 그에게 닿는 것처럼.

그런 환각이 들자 그는 가슴이 뭉클했다. 자신이 여자친구에 대해 느끼는 사랑을 표현해 주는 것만 같았다. 그는 출발했다.

잠시 후 뒤에서 어떤 목소리가 들려왔다. "너한테 이야기를 좀 더 하고 싶어서."

아니, 마들렌이 아니었다. 그는 어머니 목소리라는 것을 알았다.

길은 꽉 막혀 있었고 그에게 이런 말이 들려왔다. "나는 꼭 믿고 싶구나, 너하고 나 사이에 어떤 오해도 없다고, 우리가 서로를 잘 이해하고 있다고……."

그는 브레이크를 잡아야 했다. 행인 하나가 요리조리 틈을 비집고 길을 건너더니 그를 돌아보며 위협적인 몸짓을 했다.

"솔직히 말할게. 누군가를, 태어나게 해 달라고 하지도 않은 누군가를 세상에 내보낸다는 게 나한테는 늘 끔찍해 보였다."

"알아요." 알랭이 말했다.

"네 주위를 둘러보렴. 저기 보이는 사람들 중에 그 누구도 자기 의지로 여기 있는 건 아니란다. 물론 지금 내가 한 말은 진리 중에 제일 진부한 진리야. 너무 진부하고 기본적인 거여서 이제 아무도 거들떠보지도 않고 귀기울이지도 않을 정도지."

그는 몇 분 전부터 양쪽에서 조여 오는 트럭과 자동차 사이로 달렸다.

"모두가 인간의 권리에 대해 떠들어 대지. 얼마나 우습니! 너는 무슨 권리에 근거해서 존재하는 게 아니야. 자기 의지로 삶을 끝내는 일까지도 그 인간의 권리를 수호하는 기사들은 허락해 주지 않아."

교차로에 빨간불이 들어왔다. 그는 멈춰 섰다.

도로 양쪽의 행인들이 맞은편 보도 쪽으로 건너가기 시작했다.

그러자 어머니가 말을 다시 이어 갔다. "저 사람들 전부 좀 봐라! 한번 봐! 네 눈에 보이는 사람들 중 적어도 절반이 못생겼지. 못생겼다는 것, 그것도 역시 인간의 권리에 속하나? 그리고 한평생 짐처럼 추함을 짊어지고 산다는 게 어떤 건지 너는 아니? 한순간도 쉬지 않고? 네 성(性)도 마찬가지로 네가 선택한 게 아니야. 네 눈 색깔도. 네가 태어난 시대도. 네 나라도. 네 어머니도. 중요한 건 뭐든 다. 인간이 가질 수 있는 권리들이란 그저 아무 쓸데없는 것들에만 관련되어 있어, 그걸 얻겠다고 발버둥치거나 거창한 인권선언문 같은 걸 쓸 이유가 전혀 없는 것들!"

그는 다시 오토바이를 달렸고 어머니의 목소리는 좀 가라앉았다. "네가 지금 여기 이렇게 있는 건 내가 약했기 때문이다. 내 잘못이었어. 미안하다."

알랭은 말없이 가만히 있다가 평온한 목소리로 말했다. "뭘 잘못했다고 느끼시는 거예요? 제가 태어나는 걸 막을 힘이 없었던 거요? 아니면 제 삶, 어쩌다 그리 썩 나쁘지는 않은 제 삶과 어머니가 화해하지 않았던 거요?"

잠시 침묵한 후 그녀가 답했다. "어쩌면 네가 옳을지도 모르겠다. 그러면 나는 두 배로 죄인이구나."

"잘못은 제가 빌어야죠." 알랭이 말했다. "제가 어머니 배 속에 쇠똥처럼 떨어졌잖아요. 아메리카까지 쫓아냈고요."

"잘못했다는 소리 그만해라! 네가 내 삶에 대해서 뭘 아니, 이 바보야! 바보라고 불리도 되겠지? 그래, 하께지

마, 내가 보기엔 넌 바보야. 그런데 네 멍청함의 근원이 뭔지 아니? 선량함! 네 그 터무니없는 선량함이라고!"

뤽상부르 공원 근처에 도착했다. 그는 오토바이를 세워 놓았다.

"뭐라 하지 마세요, 그냥 제가 잘못했다고 그러게 두시라고요." 그가 말했다. "저는 사과쟁이예요. 어머니하고 아버지가 저를 이렇게 만드셨어요. 그래서 사과쟁이로서 저는 어머니하고 저하고 서로 사과할 때 기분이 좋아요. 서로 사과하는 거, 참 좋은 일 아니에요?"

그다음 그들은 미술관 쪽으로 갔다.

"아까 어머니가 말한 거 다 동의해요, 정말로." 그가 말했다. "어머니하고 저하고 동의한다는 거, 좋지 않아요? 우리의 동맹이 근사하지 않나요?"

"알랭! 알랭!" 한 남자 목소리가 그들의 대화를 중단시켰다. "나를 한 번도 본 적 없는 사람처럼 쳐다보네!"

라몽은
알랭과
배꼽의 시대에 대해
논한다

그렇다. 라몽이었다. "오늘 아침에 칼리방의 아내가 나한테 전화를 했어." 그가 알랭에게 말했다. "어제 저녁 일을 말해 주더군. 다 알아. 샤를은 타르브로 떠났어. 어머니가 위중한 상태래."

"알아." 알랭이 말했다. "칼리방은? 우리 집에 있을 때 의자에서 떨어졌거든."

"그 얘기 하더라. 그렇게 가벼운 게 아니었나 봐. 그녀 말이, 걷기 힘들어 한다네. 아프대. 지금은 잠들었고. 우리하고 같이 샤갈 전 보고 싶어 했는데. 못 보겠군. 그런데 나도 못 보겠어. 줄 서서 기다리는 거 난 못 해. 좀 봐!"

그는 미술관 입구를 향해 천천히 나아가는 사람들 무리를 가리켰다.

"줄이 뭐 그리 길지도 않네." 알랭이 말했다.

"그렇게 긴 건 아닐지도 모르지만 그래도 역겨워."

"너, 왔다가 그냥 간 게 몇 번이야?"

"벌써 세 번. 그래서 사실 여기에 사갈을 보러 오는 게 아니라 한 주 한 주 지나며 줄이 더 길어지는 걸, 그러니까 지구에 사람이 점점 더 많아지는 걸 확인하러 오는 거지. 저 사람들 봐! 저 사람들이 느닷없이 샤갈을 사랑하게 됐다고 생각해? 저 사람들은 오로지 어떻게 해야 할지 모르는 시간을 때우기 위해 어디든 달려가고 뭐든 다 할 준비가 돼 있어. 아무것도 모르기 때문에 그냥 누가 하라는 대로 다 해. 기막히게 조종하기 쉽다고. 미안. 내가 기분이 안 좋다. 어제 많이 마셨거든. 정말 너무 많이 마셨어."

"그럼 뭐 하고 싶어?"

"공원에서 좀 걷자. 날씨가 좋다. 알아, 일요일엔 사람이 좀 더 많지. 그래도 괜찮아. 봐라! 저 태양!"

알랭은 반대하지 않았다. 정말로 공원 분위기는 평화로웠다. 달리는 사람들, 걷는 사람들, 잔디밭에 빙 둘러서서 느리고 이상한 동작을 하는 사람들, 아이스크림을 먹는 사람들, 울타리 너머에서 테니스를 치는 사람들……

"여기 있으니까 좀 낫다." 라몽이 말했다. "물론 획일성은 어디에나 퍼져 있지만. 그래도 이 공원에서는 획일성이 좀 다양하게 있잖아. 그러니까 너는 네 개별성의 환상을 지킬 수 있는 거지."

"개별성의 환상이라…… 그거 참 묘하네. 몇 분 전에 내가 이상한 대화를 했거든."

"대화? 누구하고?"

"그리고 말이야, 배꼽은……."

"무슨 배꼽?"

"내가 아직 말 안 했나? 얼마 전부터 내가 배꼽에 대해 생각을 많이 하고 있는데……."

마치 보이지 않는 어떤 연출가가 꾸며 놓기라도 한 것처럼, 우아하게 배꼽을 드러낸 아주 어린 아가씨 둘이 그들 곁을 지나쳐 갔다.

라몽은 "정말 그러네."라고 할 수밖에 없었다.

그러자 알랭이 말했다. "저렇게 배꼽을 드러내고 다니는 게 요즘 유행이야. 적어도 십 년은 됐지."

"다른 유행들처럼 그것도 지나갈 거야."

"하지만 배꼽 유행이 새 천년을 열었다는 걸 잊지 마. 마치 누군가가 그 상징적인 날, 수세기 동안 아무도 핵심을 보지 못하게 막아 놓았던 블라인드를 걷어 올린 것처럼 말이지. 개별성은 환상이라는 핵심을!"

"그래, 그건 의심의 여지가 없지만, 배꼽하고는 무슨 상관이야?"

"여자의 관능적인 몸에는 황금 지점 몇 개가 있는데, 나는 늘 그게 세 개라고 생각했어. 허벅지, 엉덩이, 가슴."

라몽은 생각에 잠겼다가 "그렇지……."라고 했다.

"그러다가 어느 날, 하나 더, 배꼽을 추가해야 한다고 깨달은 거야."

잠시 생각한 뒤 라몽은 수긍했다. "그래. 아마도."

그리고 알랭이 말했다. "허벅지, 가슴, 엉덩이는 여자들마다 다 형태가 달라. 그러니까 이 황금 지점 세 개는 단지 흥분만 불러일으키는 게 아니고 그와 동시에 한 여자의 개별성을 나타내 준다고. 사랑하는 여자의 엉덩이를 못 맞힐 수는 없잖아. 수없이 많은 엉덩이 중에서도 자기가 사랑한 엉덩이는 알아볼 것 같아. 그렇지만 배꼽을 가지고 이 여자가 내가 사랑하는 여자라고 말할 수는 없어. 배꼽은 다 똑같거든."

최소한 스무 명은 되는 아이들이 웃고 소리 지르며 두 친구 맞은편에서 달려와 지나쳐 갔다.

알랭이 계속 말했다. "이 네 가지 황금 지점은 각각 하나의 에로틱한 메시지를 나타내. 그러면 배꼽이 우리에게 말해 주는 에로틱한 메시지는 뭘까?" 그는 잠시 멈추었다가 말했다. "한 가지는 분명해. 허벅지나 엉덩이, 가슴하고는 다르게 배꼽은 그 배꼽을 지닌 여자에 대해서는 아무것도 말해 주지 않고, 그 여자가 아닌 어떤 것에 대해 말한다는 거야."

"뭐에 대해서?"

"태아."

"태아라, 그렇지." 라몽이 인정했다.

그리고 알랭이 말했다. "예전에 사랑은 개인적인 것, 모방할 수 없는 것의 축제였고, 유일한 것, 그 어떤 반복도 허용하지 않는 것의 영예였어. 그런데 배꼽은 반복에 저항하지 않을 뿐 아니라 반복을 불러. 이제 우리는, 우리의 천년 안에서, 배꼽의 징후 아래 살아갈 거야. 이 징

후 아래에서 우리 모두는 하나같이, 사랑하는 여자가 아니라 배 가운데, 단 하나의 의미, 단 하나의 목표, 모든 에로틱한 욕망의 유일한 미래만을 나타내는 배 가운데 조그맣게 난 똑같은 구멍만 뚫어져라 쳐다보는 섹스의 전사들인 거라고."

뜻밖의 어떤 만남으로 대화가 중단됐다. 같은 길에 다르델로가 마주 오고 있었다.

다르델로가
온다

그 역시 많이 마셨고, 잘 못 잤으며, 그래서 지금 뤽상
부르 공원 산책으로 기분 전환을 하려는 참이었다. 라몽
이 나타나자 처음에 그는 당황했다. 칵테일파티에 라몽
을 초대했던 것은 그의 생일파티를 도울 좋은 웨이터 둘
을 소개해 주어서 예의상 그리 했을 뿐이었다. 그러나 이
제 다르델로에게 그 퇴직자는 전혀 중요할 일이 없었으
므로 그는 파티에서 잠깐 틈을 내 그를 맞이하고 환영 인
사를 건넬 생각조차 하지 않았다. 지금 그것이 양심에 찔
려서 그는 두 팔을 활짝 벌리고 외쳤다. "라몽! 내 친구!"
　라몽은 파티에서 옛 동료에게 간단한 '작별 인사'조
차 하지 않고 사라졌던 것이 생각났다. 그런데 다르델로
가 그렇게 요란하게 인사를 해 오자 불편했던 마음이 가
벼워졌고 자기도 팔을 벌리며 "하이, 친구!" 하고 외치고
는 그에게 알랭을 소개한 다음 함께 걷자고 다정하게 권
했다.
　다르델로는 바로 이 공원에서 불현듯 무슨 생각에서

인지 자기가 죽을병에 걸렸다고 그에게 이상한 거짓말을 꾸며 댔던 것을 또렷이 기억했다. 이제 어떻게 할 것인가? 말을 뒤집을 수도 없으니 그냥 계속 심각하게 아플 수밖에 없었는데, 하기는 그것이 아주 거북한 일도 아니다 싶었던 것이, 비참하게 병 든 사람이 익살스럽고 쾌활하게 말하면 더 매력적이고 놀라워지는 법이므로 그런 일로 좋은 기분에 제동을 걸 아무런 이유가 없음을 곧 깨달았던 것이다.

그리하여 그는 즐겁고 가벼운 어조로, 이 공원이 자기에게 가장 친근한 풍경에 속한다는 둥, 수차례 되풀이하여 여기가 자기의 '전원'인 셈이라는 둥, 라몽과 그의 친구 앞에서 공원에 대해 수다를 늘어놓았고, 시인, 화가, 대신, 왕 들의 그 모든 조상들에 대해 "보세요, 과거의 프랑스가 여전히 여기 살아 있잖아요!"라고 떠들어 댄 후에, 신이 나서 살짝 조롱기를 곁들여, 각기 커다란 받침대 위에 발에서 머리까지 실물 크기로 세워진 여왕과 공주, 섭정 여왕 등 위대한 프랑스 여인들의 흰색 조상들을 가리켰는데, 그 조상들은 10 혹은 15미터 간격으로 서서 다 함께 아주 커다란 원을 만들어 아래 있는 예쁜 분수대에 우뚝 솟아 있었다.

좀 더 멀리에는 왁자지껄한 가운데 사방에서 아이들이 모여들고 있었다. 다르델로가 미소를 머금으며 "아, 저 아이들! 저들의 웃음소리가 들리나요?"라고 했다. "오늘 무슨 축제가 있는데 뭔지 잊어버렸네, 하여간 무슨 어린이 축제 같은 거예요."

갑자기 그가 뭔가에 집중하며 말했다. "아니, 저기 무
슨 일이지?"

사냥꾼과
오줌꾼이
온다

콧수염을 기르고, 오래된 낡은 파카를 입고, 어깨에 긴 사냥총을 멘 오십 대 남자가 옵세르바투아르 대로에서 대리석 귀부인들의 원을 향해 큰 산책로를 달리고 있다. 그는 손짓 발짓을 하며 소리를 지른다. 주변에 지나가던 사람들이 멈춰 서서 놀라움과 호감 속에 그 사람을 바라본다. 그렇다, 호감을 느끼며 보는데 콧수염이 난 얼굴에는 어딘가 평화로운 데가 있고, 지나간 시간으로부터 불어온 목가적인 바람으로 공원 공기를 상쾌하게 만드는 면이 있기 때문이다. 그는 바람둥이, 마을의 호색한, 이미 약간 늙고 차분해져 더 매력 있는 모험가 같은 이미지를 풍긴다. 사람들은 그의 촌스러운 매력에, 남성적인 호탕함에, 토속적인 외양에 사로잡혀서 그에게 미소를 보내고, 그 또한 흐뭇한 마음으로 친절하게 응대한다.

얼마 후 그는 여전히 달리면서 한 조상을 향해 손을 든다. 모두 그의 손짓을 따라가 보니 또 다른 남자 하나가 눈에 띄는데, 몹시 늙은 그 사람은 처참하게 마른 데다가

7부 무의미의 축제

147

작은 턱수염이 뾰족하게 났고, 지금 빤히 쳐다보는 사람들 시선에서 자신을 지키려고 대리석 귀부인의 커다란 받침대 뒤로 몸을 숨기는 중이다.

"자, 자!" 하면서 사냥꾼은 어깨의 총을 조준하고 조상을 향해 쏜다. 마리 드 메디시스, 늙고 커다랗고 추하고 거만한 얼굴로 유명한 프랑스의 왕비다. 총에 맞아 코가 떨어져 나가니 더 늙고 더 추하고 더 뚱뚱하고 더 거만해 보이는데, 그 사이 조상 받침대 뒤에 숨었던 늙은 남자는 혼비백산하여 더 멀리 달아나, 거침없는 시선들을 피하기 위해 마침내는 발랑틴 드 밀랑, 오를레앙 공작 부인 (훨씬 아름다운 이 여인) 뒤에 몸을 웅크린다.

처음에 사람들은 예상치 못한 총성과 코가 떨어져 나간 마리 드 메디시스의 얼굴에 당황하여 어찌 처신해야 할지 몰라서 이쪽저쪽을 쳐다보며 자신들에게 질문의 답을 알려 줄 어떤 신호를 기다리는데, 그 질문이란, 사냥꾼의 행동을 어떻게 해석할 것인가, 그것을 범죄라 여겨야 하나 아니면 재미있다고 해야 하나, 야유를 보내야 하나 박수를 보내야 하나, 그런 것이다.

마치 그들이 당황한 것을 알아차리기라도 한 듯 사냥꾼이 외친다. "제일 유명한 프랑스 공원에서 오줌을 누는 건 금지야!" 그다음, 자기를 둘러싼 소규모 청중을 바라보더니 크게 웃음을 터뜨리는데, 그 웃음이 어찌나 즐겁고, 어찌나 자유롭고, 어찌나 순진무구하고, 어찌나 투박하고, 어찌나 정겹고, 어찌나 전염성이 있는지 주위 사람들도 모두 마음이 놓인 듯 같이 웃기 시작한다.

뾰족한 턱수염의 늙은 남자는 바지 앞섶의 단추를 채우면서 발랑틴 드 밀랑의 조상 뒤에서 나오는데, 그의 얼굴이 시원하게 오줌을 눈 행복감을 나타내고 있다.

라몽의 얼굴에 좋은 기분이 자리 잡는다. "저 사냥꾼, 너한테 뭔가 기억나게 하는 거 없어?" 그가 알랭에게 묻는다.

"물론 있지. 샤를."

"그래. 샤를이 우리랑 같이 있네. 그 친구 연극의 마지막 장이야."

무의미의
축제

 그러는 사이에 아이들 쉰여 명이 무리에서 떨어져 나가 합창대처럼 반원으로 정렬한다. 알랭은 무슨 일인지 궁금해서 그들 쪽으로 몇 걸음 옮기고, 다르델로가 라몽에게 말한다. "보다시피 여기 공연이 아주 대단해요. 저 두 사람, 완벽하잖아요. 틀림없이 출연 계약이 없는 배우들일 거예요. 실업자들. 저거 봐요! 저 사람들은 연극 무대조차 필요 없어요. 공원 산책로면 충분하죠. 저들은 포기하지 않아요. 현역이고 싶어 하죠. 살려고 발버둥치는 거예요." 그러고 나서 자기가 심각한 병에 걸렸다는 것을 떠올리고는 자신의 비극적 운명을 상기시키기 위해 목소리를 낮춰 덧붙인다. "나도 싸우고 있지요."

 "알아요, 그리고 그렇게 담대한 게 놀라워요." 라몽이 말한다. 그다음, 불행에 빠진 그의 기운을 북돋아 주고 싶어서 덧붙인다. "다르델로, 오래전부터 말해 주고 싶은 게 하나 있었어요. 하찮고 의미 없다는 것의 가치에 대해서죠. 그 당시에 나는 무엇보다 당신과 여자들의 관계를

생각했어요. 당신에게 카클리크 이야기를 해 주고 싶었
죠. 아주 친한 친구인데. 당신은 몰라요. 그래요. 넘어갑
시다. 이제 나한테 하찮고 의미 없다는 것은 그때와는 완
전히 다르게, 더 강력하고 더 의미심장하게 보여요. 하찮
고 의미 없다는 것은 말입니다, 존재의 본질이에요. 언제
어디에서나 우리와 함께 있어요. 심지어 아무도 그걸 보
려 하지 않는 곳에도, 그러니까 공포 속에도, 참혹한 전
투 속에도, 최악의 불행 속에도 말이에요. 그렇게 극적인
상황에서 그걸 인정하려면, 그리고 그걸 무의미라는 이
름 그대로 부르려면 대체로 용기가 필요하죠. 하지만 단
지 그것을 인정하는 것만이 문제가 아니고, 사랑해야 해
요, 사랑하는 법을 배워야 해요. 여기, 이 공원에, 우리 앞
에, 무의미는 절대적으로 명백하게, 절대적으로 무구하
게, 절대적으로 아름답게 존재하고 있어요. 그래요. 아름
답게요. 바로 당신 입으로, 완벽한, 그리고 전혀 쓸모없
는 공연······ 이유도 모른 채 까르르 웃는 아이들······ 아
름답지 않나요, 라고 했던 것처럼 말입니다. 들이마셔 봐
요, 다르델로, 우리를 둘러싸고 있는 이 무의미를 들이마
셔 봐요, 그것은 지혜의 열쇠이고, 좋은 기분의 열쇠이
며······."

바로 그때, 그들 앞 몇 미터에서 콧수염을 기른 남자가
턱수염 난 남자의 양어깨를 붙들고 그들을 빙 둘러싼 사
람들을 향해 장엄하고 근사한 목소리로 다음과 같이 발
표한다. "동지들! 내 오랜 친구인 이 사람은 이제 다시는

프랑스 귀부인들에 대고 오줌을 누지 않겠노라고 자신의 명예를 걸고 제게 맹세했습니다!"

그다음, 다시 한 번 그가 크게 웃음을 터뜨리고, 사람들은 박수 치고 소리치고, 어머니가 말한다. "알랭, 너하고 여기 같이 있어서 좋구나." 그러더니 그녀의 목소리가 평온하고 부드러운, 엷은 웃음소리로 변해 간다.

"웃으시는 거예요?" 어머니의 웃음소리를 듣는 것이 처음이어서 알랭이 묻는다.

"그래."

"저도요, 저도 좋아요." 가슴이 뭉클해서 그가 말한다.

반면에 다르델로는 한 마디도 하지 않고, 라몽은 이 남자가 위대한 진리의 엄숙함에 그렇게나 애착을 가지고 있으니 자기의 무의미 예찬이 마음에 들 리가 없었다는 것을 깨닫고서 다른 식으로 해 보기로 한다. "어제 프랑크 부인하고 당신을 봤지요. 두 사람 다 멋있었어요."

다르델로의 얼굴을 살펴보고 이번에는 자기 말이 훨씬 잘 먹혔다는 것을 확인한다. 이 성과에 영감을 받아 문득 아이디어 하나가 떠오르니, 터무니없으나 또한 매혹적인 거짓말로서, 그는 이제 그것을 살 날이 얼마 안 남은 누군가에게 주는 선물로 변화시키기로 한다. "하지만 조심해요, 두 사람을 보면 모든 게 너무 분명하다고요!"

"분명하다니? 뭐가요?" 가까스로 기쁨을 감추며 다르델로가 묻는다.

"둘이 연인이라는 게 분명하죠. 아니라고 하지 말아

요, 다 알아챘으니까. 그리고 걱정도 하지 말아요, 나보다 입이 무거운 사람은 없으니까."

다르델로가 라몽의 눈을 한참 들여다보니, 비극적으로 병들었으나 그럼에도 행복한 한 남자의 모습이 거울처럼 비치는데, 유명한 여인의 친구인 이 남자는 그녀에게 손도 대 보지 못했지만 단번에 아무도 모르는 연인이 된다.

"아, 내 친구." 하면서 그가 라몽을 껴안는다. 그러고서 그는 촉촉이 젖은 눈으로 행복하고 즐거워하며 자리를 떠난다.

어린이 합창대가 벌써 완벽한 반원으로 정렬해 있고, 지휘봉을 든 연미복 차림의 열 살짜리 꼬마 지휘자가 이제 음악회가 시작된다는 신호를 보내려 하고 있다.

하지만 조랑말 두 마리가 끄는, 빨강 노랑으로 칠해진 작은 마차가 소리를 내며 다가오고 있어서 그는 아직 몇 분 더 기다려야 한다. 오래된 낡은 파카 차림의 콧수염 기른 남자가 긴 사냥총을 높이 들어 올린다. 역시 어린아이인 마부가 명에 따라 마차를 세운다. 콧수염 남자와 늙은 턱수염 남자가 마차에 올라 자리를 잡고 군중에게 마지막으로 인사를 하자, 그들은 기쁨에 겨워 손을 흔들고, 다른 한편 어린이 합창단은 「라 마르세예즈」를 부르기 시작한다.

마차가 출발하고, 뤽상부르 공원의 커다란 산책로를 따라 파리의 거리로 천천히 멀어져 간다.

옮긴이 방미경

프랑스 파리 10대학에서 프랑스 문학 박사 학위를 받았다.
옮긴 책으로 『플로베르』(편역), 플로베르의 『마담 보바리』,
뤽 페리의 『미학적 인간』, 쿤데라의 『농담』, 『삶은 다른 곳에』,
『우스운 사랑들』, 레일라 슬리마니의 『달콤한 노래』,
마르그리트 뒤라스의 『히로시마 내 사랑』 등이 있다. 현재
가톨릭대학교 프랑스어문화학과 교수로 재직 중이다.

무의미의 축제

1판 1쇄 펴냄   2014년 7월 23일
1판 24쇄 펴냄   2023년 9월 6일
2판 1쇄 찍음   2024년 6월 10일
2판 1쇄 펴냄   2024년 6월 24일

지은이   밀란 쿤데라
옮긴이   방미경
발행인   박근섭·박상준
펴낸곳   (주)민음사

출판등록   1966. 5. 19. 제16-490호
주소   서울특별시 강남구 도산대로1길 62(신사동)
　　　　강남출판문화센터 5층 (우편번호 06027)
대표전화   02-515-2000 | 팩시밀리 02-515-2007
홈페이지   www.minumsa.com

한국어 판 ⓒ (주)민음사, 2014, 2024. Printed in Seoul, Korea

ISBN   978-89-374-5674-9 (03860)